KB114155

보신
제일
주의

보신제일주의 3

김용진 新무협 판타지 소설

초판 1쇄 찍은 날 § 2016년 4월 25일
초판 1쇄 펴낸 날 § 2016년 5월 2일

지은이 § 김용진
펴낸이 § 서경석

편집책임 § 조현우
디자인 § 신현아

펴낸곳 § 도서출판 청어람
등록번호 § 제387-1999-000006호
등록일자 § 1999. 5. 31
어람번호 § 제2-2658호

주소 § 경기도 부천시 원미구 부일로 483번길 40 서경B/D 3F (우) 14640
전화 § 032-656-4452 팩스 § 032-656-4453
http://www.chungeoram.com
E-mail § chungeorambook@daum.net

ISBN 979-11-04-90782-1 04810
ISBN 979-11-04-90695-4 (세트)

一. 화산파

마인들에 의해 온 천하가 시끄러워졌지만 그중에서도 단연
세간의 이목을 모으는 곳이 있었다.

　화산(華山).

　중원 오악(五岳) 중 서악(西岳)인 화산은 황제들이 봉선 의식
을 치르기 위해 올랐을 정도로 영험한 기운을 품은 데다, 높
게 솟은 봉우리는 그야말로 그림이라 할 수 있었기에 무수한
시인, 묵객들의 사랑을 받아왔다. 하지만 지금 세인들의 이목
을 모으는 이유는 그런 평화로운 이유가 아니었다.

　마인 발호.

화산파(華山派). 화산에 자리한 무수한 도교 도장을 제치고 화산의 이름을 대표할 수 있는 유일한 문파가 침묵에 잠긴 것도 그 때문이었다.

그리 크지 않은 정자에는 세 명의 노인이 서신 하나를 가운데에 두고 둘러앉아 있었다.

마인들의 발호를 경고하는 그 서신이 아니더라도 그들은 코앞까지 다가온 전운을 깨닫고 있었다.

항산의 의선문에서 시작된 참화는 오악 전체로 번져 나가고 있었다.

형산에서는 무수한 도당이 멸문지화를 입었고, 금군이 관리하는 태산도 마인들의 광기를 피해갈 수 없었다. 그리고 숭산도 마찬가지였다. 무림의 태산북두, 천년소림이라 칭송받는 소림사까지도 습격을 당한 것이다.

그다음은 당연히 화산이다. 중원 오악 중 넷이 마인들의 습격을 당했고 남은 것은 오직 화산인 상황.

내막을 알지 못하는 자라고 해도 예상할 수 있는 일이었다. 더욱이 소림과 금군이 있는 숭산과 태산마저 참화를 당했다. 화산이라고 예외가 될 수는 없었다.

세 노인이 이렇게 모인 것은 바로 그 이유에서였다.

"어쩌시겠습니까, 장문인?"

가슴께까지 하얀 수염을 늘어뜨린 태청(兌淸)은 어렵게 입을 열었지만 곧장 퉁명스러운 대답을 들어야 했다.

"어쩌고 자시고 이것은 엄연히 화산의 일! 마땅히 우리가 해야 할 일을 무얼 고민하나."

태청의 맞은편에 앉아 있던 태함(兌咸)의 퉁명스러운 대답에 고함이 터져 나왔다.

"그리 간단한 일이 아니니까 이렇게 모인 것 아닌가? 나도 형산과 항산만의 일이라면 말할 생각도 없네. 하지만 다른 곳도 아니고 숭산에서도 같은 일이 벌어졌는데 가만히 있을 수 있을까!"

가슴께까지 늘어뜨린 수염을 휘날리며 태청이 날카로운 기파를 흩뿌렸다.

눈을 감는다면 수십 자루의 검이 겨누고 있는 것으로 착각할 만큼 날카로운 기파였지만 그 기파를 정면으로 받아 넘기고 있는 태함은 아무렇지도 않게 이죽이며 답했다.

"그래서 제대로 싸워보지도 않고 일단 다른 십대문파의 힘을 빌리자? 온 천하가 비웃겠군!"

태함의 기세는 화산의 것이라고 생각하기 힘들 정도로 무겁고 진중했다. 마치 검을 상대하는 방패 같은 기세에 날카로운 기파가 비껴 흩어졌다.

"힘이 빌리는 것이 무엇이 부끄럽나. 본디 그러기 위한 무림맹이 아니었는가. 피를 흘리기 전에 손을 잡는 것이 무엇이 어떻다고! 아니면 소림처럼 객이 수백 명씩 죽는 모습이 보고 싶은 겐가?"

서신에 담긴 내용은 단순히 마인들의 습격을 경고하는 것만이 아니라 무림맹의 정식 소집령을 포함하고 있었다.

당연하다면 당연한 일이다. 애초에 무림맹이 결성된 이유부터가 이런 환란을 함께 헤쳐 나가기 위해서였다.

지금처럼 마인들의 습격에 손을 잡는 게 무림맹의 기능인 것이다. 하지만 모든 일이 이성과 합리로 이뤄지는 것은 아니었다.

"누가 그렇다고 했나? 하지만 그 마인 놈들과 검 한번 맞대지도 않고 꽁무니를 빼면 화산의 이름은 대체 뭐가 되냔 말이다!"

명예, 명성, 자존심 따위의 것들은 청정 도량에서의 수행에는 하등 도움 될 것 없는 속세의 것들이지만 화산파는 도문(道門)인 동시에 무문(武門)이었다.

천하제일이라 자부하는 검공과 자하신공으로 대표되는 기공이 있었지만 그럼에도 늘 그 이름은 소림의 그늘에 가려져 있었다. 이번에도 마찬가지였다.

천하제일의 소림이 화를 입었으니 그에 미치지 못하는 화산은 당연히 막아내지 못한다. 그런 인식이 세인들 사이에 퍼지는 것을 태함은 원하지 않았다.

언제나 소림의 아래로 거론되는 화산의 이름이 불만인 것은 태청도 마찬가지였지만 그는 태함의 말에 동의할 수 없었다.

인정하고 싶지 않지만 소림은 분명히 강하다. 화산보다도 더욱. 하지만 그런 소림도 마인들을 제어하지 못하고 막대한 피해를 입었다. 화산이라고 예외가 될 수는 없었다.

무어라 반박하려던 태청의 입이 열리기 직전 장문인의 입이 먼저 열렸다.

"그만."

단 두 글자의 음성에 담긴 기운은 맹렬히 충돌하던 태청과 태함의 기세를 잠재웠다.

"화산에 무인만 있다면 모르겠으나 무공이라고는 일초반식도 모르는 민초들도 화산에 오른다. 그들의 안전을 우리가 온전히 감당할 수 있다면 모르겠으나 감히 장담할 수 없는 노릇! …지원은 받겠다."

"장문인!"

태함과 태청의 얼굴에서 희비가 교차했다.

"단, 맹에서 지원 나온 무인들에게는 낙안봉의 출입을 금한다. 천하의 영지를 뒤엎고 다니는 마인들은 이번에도 영지를 노리고 있을 터, 그 길목은 우리가 맡는다."

장문인의 말에 다시금 두 노인의 안색이 뒤바뀌었다.

마인들이 노리는 곳의 길목을 화산이 맡는다는 것은 이번 싸움의 최대 격전지를 맡는다는 것과 다르지 않았다.

물론 화산에서 일어나는 일이니 화산파가 중심에 서는 건 당연한 노릇이지만, 문제는 그 싸움에서는 무림맹의 힘을 빌리지 않겠다는 것이었다.

십대문파의 자존심을 생각하면 당연한 결정이었지만 태청은 그로 인해 흐를 피를 생각하지 않을 수 없었다.

"알겠습니다. 그런데 지원을 오는 문파들에 대해 들으신 바 있으십니까?"

걱정한다고는 해도 거기까지다.

이미 장문인이 결정을 내렸다. 납득이 가지 않을 정도의 것이 아니라면 거기에 대고 무어라 왈가왈부하는 것은 장로인 그의 일이 아니었다. 그보다는 일이 원활히 진행될 수 있게 조력하는 것이 옳았다.

"소림과 무당, 점창은 이미 근처에 와 있고 종남과 청성도 곧 도착할 것이라고 했다. 나머지는 모르겠군. 팔대세가에서도 지원을 보내겠다고는 했지만 정확한 인원은 아직 모른다."

태함의 얼굴에 놀란 기색이 서렸다.

같은 섬서에 자리한 종남이나 호북의 무당, 하남의 소림은 당연히 예상하고 있었고, 사천의 청성도 어느 정도는 예상 범위 내의 지원이다. 하지만 점창파만큼은 생각도 못한 곳이었다.

'점창은 예상 밖의 지원이군.'

점창은 말을 쉬지 않고 달려도 보름을 넘길 거리에 있었다. 아마도 강호행 도중 우연히 들렀다가 소식을 듣고 합류 의사를 밝힌 듯했다.

'그리 많은 수가 오지는 않겠지만 십대문파 중 다섯, 아니, 우리를 포함하면 여섯이 한자리에 모이는 건가.'

군웅대회나 무림맹의 일을 처리하기 위해 대표자들이 모이는 경우는 왕왕 있었지만 이렇게 적을 상대하기 위해 모이는 것은 그야말로 수십 년 만의 일이었다.

화산에 모이게 될 문파의 이름을 되뇌던 태청은 그제야 마음을 놓을 수 있었다. 지금 화산에 모이고 있는 전력은 반백 년 전 혈겁을 일으킨 사교의 무리도 충분히 상대할 수 있는 전력이었다.

다소의 어려움은 있을지언정 마인들이 화산에 침범하지 못할 것이라고 태청은 믿어 의심치 않았다.

二. 화산

지난밤 습격자들이 지른 불길에 사라진 전각 중에는 방주의 집무실도 포함되어 있었기에, 무중극은 얼마 전까지 총관의 집무실이던 곳에서 취향에 맞지 않는 차를 홀짝이고 있었다.

　그리고 그의 앞에는 그가 사랑해 마지않는 딸이 결연한 표정으로 그를 바라보고 있다.

　'쓰군.'

　차의 향과 맛을 즐길 줄 모른다는 이유도 있었지만, 지금 눈앞에서 그와 독대하고 있는 딸아이의 모습이 차 맛을 더욱

쓰게 만들고 있었다.

"꼭 네가 가야 할 필요는 없다. 은혜를 갚기 위해 무사를 빌려주는 거라면 삭월조나 신월조 무사 몇을 보내는 것으로 충분하다."

차갑게 가라앉은 어투와 은연중에 흘러나오는 기도가 집무실을 가득 메웠다. 여느 때의 무설이라면 이 정도 압박이면 물러설 터였지만 이번에는 달랐다.

"그래도 단 공자를 따라가고 싶습니다."

허리를 곧게 펴고 무중극을 응시해 온다.

분명히 성장했다.

검술이나 내공에는 큰 진전이 없었지만 사선을 넘으며 한층 단련된 심력으로 무중극의 무거운 기도 속에서 꼿꼿하게 버티고 있었다.

딸의 성장에 기뻐해야 할지, 아니면 그 성장의 이유에 낙담해야 하는지 알 수 없던 무중극의 심중이 어지러워졌다. 기도가 어지러운 심중을 반영하듯 흔들리고 압력이 조금이나마 해소되자 무설의 얼굴이 조금은 편해졌다.

'역시 녀석을 그때 때려죽였어야 했나.'

무중극은 속으로 한숨을 삼키며 딸아이의 마음을 훔쳐 간 도둑놈의 얼굴을 떠올리고는 어떻게 하면 딸 모르게 그놈을 묻을 수 있을까 진지하게 고민했다.

그러나 결국에는 그 도둑놈의 배경이나 일신의 무공까지 고려하면 어떻게 해도 천주 앞바다에 놈을 조용히 가라앉힐 방법이 없다는 결론에 다다랐다.

"마인들의 습격으로 아직 문파의 상황이 정상이 아니다. 흔들리는 하부 조직의 관리나 사업체도 다시 조여야 하지, 이런 때에 자리를 비워야 하겠느냐?"

"지금 본 방이 한 사람이라도 아쉬운 상황이라는 건 알고 있습니다. 하지만 그래도 가고 싶습니다."

"내가 반대한다고 할지라도?"

"…예."

떨리는 목소리와 눈동자로 어렵사리 답한다.

약간의 망설임은 있지만 그래도 자신의 의견을 말함에 있어 흔들림 없는 그 모습을 보며 무중극은 찻잔을 입에서 떼었다.

달칵.

찻잔을 내려놓는 소리가 그리 좁지 않은 집무실에 울려 퍼졌다.

찻잔에서 손을 떼고 그는 유심히 딸의 얼굴을 바라보았다. 오래전 사별한 부인의 그것과 꼭 닮아 옅게 푸른빛이 감도는 눈동자와 고집이 보이는 것 같은 앙다문 입매, 그리고 엄한 부친을 앞두고 미세하게 떨리는 눈꼬리까지 눈에 담았다.

미인이다.

딸을 사랑하는 딸바보 아비의 눈으로 보는 주관이 아니라 객관적으로 보아도 그렇다. 철심검화(鐵芯劍花)라는 별호와 함께 복건제일미(福建第一美) 소리를 공공연히 듣는 딸이다.

그 미모에 이끌린 벌과 나비도 무수히 많았다. 당장 지금도 이곳저곳에서 혼담이 들어오고 있고, 그녀의 나이도 이미 스물에 이르렀다.

지금까지야 무설 본인부터 혼인이나 가정 같은 것에 얽매이기보다는 조금 더 자유롭게 있고 싶어 했지만 언제까지고 품에 있을 거라고는 생각하지 않았다.

다만 그렇다고는 해도 막상 그러한 때가 되니 입맛이 썼다. 다시 한 번 한숨을 속으로 삼키고 입을 열었다.

"네가 원하는 대로 해라. 대신 그동안 함께 움직이던 단월조의 무사들이 아니라 은월조(隱月組)의 호위들을 붙이겠다."

방주 직속의 무사대에서 차출한 호위들을 붙이는 것, 그것이 그가 양보할 수 있는 최대의 선이었다.

"감사합니다, 아버님!"

무설의 얼굴에 미소가 피어났다.

꽃은 꽃이되 철을 깎아 만든 것 같은 아름다움이라며 붙은 '철심(鐵芯)'이라는 그녀의 별호가 무색하게도 꽃처럼 피어나는 딸의 웃음에 다시 한 모금 들이켠 차가 더없이 썼다.

딸의 마음을 훔쳐간 도둑놈의 반질반질한 면상이 떠올랐다.

'…오늘은 그 면상에 한 방… 아니, 비무라도 하러 갈까.'

그렇지 않고서는 이 쓴맛이 떨어질 것 같지 않았다.

*   *   *

"아, 안 가! 못 가!"

화산으로 출발할 준비는 순조롭게 진행되고 있었다.

단가의 이름과 패천방의 이름 앞에서 어깃장을 부릴 상인은 존재하지 않았고, 덕분에 여정에 필요한 물자는 모자람 없이 준비되었다.

표사들과 낭인들은 단사천이 원한 숫자에 약간 못 미쳤지만 그래도 무인으로만 300명에 근접한 대인원이라는 건 변하지 않았다.

단 한 가지 문제만이 남아 있을 뿐이다.

"그러니까 왜 그러시는 겁니까, 왕야?"

"에이! 시끄럽다! 화산은 안 가! 안 간다면 안 가는 줄 알아!"

마치 고양이처럼 온몸의 털을 곤두세우며 경계심을 드러내는 현백기의 모습에 단사천과 두 여인은 난감함을 감출 수 없었다. 저렇게 숨김없이 경계심을 드러내는 현백기의 모습도 처음이다.

"화산에 있다는 그 괴물 때문에 그러십니까?"

아마도 그 이유라고 생각되는 괴물을 입에 담자 현백기의 경계도 한층 진해졌다. 그런 반응에 대체 화산에 있다는 괴물이 무엇이기에 저 정도로 반응하는지 궁금해 하지 않을 수 없었다.

"왕야, 진정하시고 왜 그러는지 이유만이라도 알려주시면 안 되겠습니까? 위험하다면 무엇이 어떻게 위험한지 알아야 저희도 최소한의 대처를 하지 않겠습니까."

그렇게 말하며 기운을 퍼뜨려 나간다. 영기가 섞인 단사천의 기운에 현백기도 진정이 되는지 이내 곤두세운 털을 차분히 가라앉혔다.

"산군(山君)이다. 화산에는 산군이 있어."

얼마간 심호흡을 하던 현백기의 입에서 나온 것은 예상을 크게 벗어나지 않는 답이었다.

광마나 청면수라 같은 괴물 소리를 들어도 이상하지 않는 마인들 앞에서도 당당하던 현백기를 이렇게 주눅 들게 할 정도라면 천적 관계에 있는 다른 영물 정도였다.

"범입니까?"

그리고 산군, 호랑이라면 충분히 납득이 가는 대답이었다.

그 거체와 기세는 괴물이라 불릴 자격이 충분하며 영물이 아닌 일반 호랑이라도 어지간한 수준의 무인이라면 죽음을 각오하고 싸워야 하는 것이 호랑이라는 동물이다.

"그래, 범 말이다."

더군다나 영물이다. 본래 너구리인 현백기가 절정고수에 뒤지지 않는 힘을 손에 넣었다면 호랑이의 경우 대체 얼마나 될지 상상할 수도 없었다.

"그런데 화산 인근에서 호환(虎患)이 있다는 말은 듣지 못했습니다만?"

옆에 듣고 있던 서이령의 의문이다. 아무리 구파일방의 한 축인 화산파가 있다지만 화산이라는 넓은 산 전체를 관리할 수 있는 것도 아니었고, 현백기가 괴물이라 부를 정도라면 화산파의 무인들이 제어할 수 있으리라고 생각하기도 힘들었다.

"당연히 그렇겠지. 본질이 맹수라도 수백 년간 살아온 영물이니까. 불필요하게 살업을 쌓을 생각은 없겠지."

뒤로 작게 '필요하다면 얼마든지 하겠지만'이라는 말을 덧붙이기는 했지만 그렇다면 더더욱 의문이 솟아난다.

"그렇다면 화산에 가는 것 정도는 괜찮지 않나요?"

무의미한 살생은 하지 않는다면 괜찮지 않나 하는 물음에 현백기도 고개를 주억거렸다.

"그래, 그놈의 영역에만 안 들어가면 괜찮지. 남쪽 봉우리에 있는 영지에 들어가지만 않으면 목숨이 위험할 일은 없을 거다. 영역 싸움을 하러 오는 게 아니라면 다른 영물한테도 관심이 없으니까 근처에 오가는 것 정도는 괜찮겠지, 아마……."

말끝을 흐리는 것이 불안하기는 했지만 어차피 단사천은 처음부터 화산에 있다는 영지에는 관심도 없었다.

화산의 영지가 아니면 안 되는 상황도 아닌데 굳이 위험을 무릅쓰고 영물의 영역에 들어가는 만용을 부릴 정도로 그는 바보가 아니었다.

"왕야께서 처음 화산에 있다는 영지에 대해서 경고하실 때부터 갈 생각은 없었습니다. 거기에 마교도들이 다음 목표로 노리고 있다는 소문도 있고 하니 화산에는 오르되 사부님만 만나고 최대한 빨리 내려갈 생각입니다."

당당히 도망치겠다는 이야기를 입에 담는 단사천의 모습에 두 여인은 한숨을 내쉬었고, 현백기는 실소를 흘렸다.

"하긴 넌 그런 놈이었지."

현백기는 긴장이 풀린 듯 단사천의 머리 위로 뛰어올랐다. 단사천은 목 건강에 좋지 않다며 불평을 했지만 현백기는 오늘도 불평을 무시했고, 서이령과 무설은 그런 모습을 보며 작게 웃을 뿐이다.

"하아, 아무튼 이제 괜찮으신 걸로 알겠습니다."

"그래라."

현백기는 아직 완성되지 않은 천심단이 백회혈을 통해 흘리는 영기를 느끼며 적당히 대답했다. 화산 낙안봉(落雁峰)의 주인만 아니라면 아무래도 좋았다.

                    *   *   *

　"기대됩니다."

　화산에 도착하고 나흘이나 되었는데 일성은 오늘도 그 말을 꺼냈다. 두 눈 가득 기대와 열기를 담고 있는 일성의 모습에 무양자는 한숨을 내쉬었다.

　'역시 혼자 나오는 것이 나았겠어.'

　단가의 안주인에게서 '자식이 마인들과 은원관계를 맺는 것이 걱정되니 도와주었으면 한다'는 내용의 서신을 받았을 때 알리지 않고 조용히 산을 내려와야 했다.

　그렇다면 일자배의 제자들이 뒤따를 일도 없었을 것이고 좀 더 조용하게 단사천과 합류할 수 있었을 것이다.

　"거, 그 말 하루라도 안 하면 가시라도 돋는 거냐?"

　검을 손질하던 무양자의 말투는 핀잔에 가까웠다. 하지만 일성의 얼굴은 진지하기만 했다. 목소리에서는 단호함마저 엿보였다.

　"사숙께서는 기대되지 않으십니까?"

"기껏해야 1년도 채 지나지 않았다. 변했다면 얼마나 변했고 강해졌다면 얼마나 강해졌겠느냐."

한숨 섞인 무양자의 말에도 일성은 다부진 어조로 대답했다.

"반년도 더 지났습니다. 그간 겪은 경험은 분명 클 겁니다."

"어째 네가 나보다 더 그 녀석 사부 같구나."

몇 번째인지 모를 핀잔에도 여전한 일성을 보며 무양자는 실소를 머금었다. 그도 단사천을 다시 보게 되는 것을 기대하지 않는 것은 아니지만 일성만큼은 아니었다.

천하대전 기간 동안 단사천과 비무를 했다는 것은 들었고, 일 초를 제대로 막지 못해 졌다는 것도 들었다.

당시 일성과 단사천의 실력을 생각하면 그리 쉽게 끝날 이유가 없었으니 분명 일성이 나이 어린 사제를 상대한다고 방심한 탓이 클 터였다. 하지만 그래도 제자를 좋게 봐주는 모습이 싫을 리 없었다.

"무슨 이야기를 그리 재미있게 하십니까?"

강호행을 하며 친분을 쌓은 화산파의 지인들을 만나고 온다던 일도(日道)가 바깥의 찬바람과 함께 들어왔다. 그 뒤로 남녀 한 쌍이 더 들어오고 문이 닫혔다.

들어온 셋 모두 일성의 사제였다. 단사천과는 달리 모두 도명을 받은 본산제자였다.

"단 사제의 이야기였다. 그런데 너희는 만난다던 사람은 어찌하고?"

"허탕일세. 아무래도 상황이 상황이다 보니 꽤나 바쁜가 보네. 돌아왔다는 이야기를 듣고 가봤는데 또 나갔다더군. 결국 서찰만 전해 달라 부탁하고 그냥 왔지."

연화봉의 쌀쌀한 바람을 뚫고 화산을 돌아다녔지만 지인은 만나지 못했다. 언제 올지 모를 습격에 대비해 일선에서 움직이고 있는 매화검수가 바쁜 것도 당연했다.

"그런데 단 사제라… 매일같이 그렇게 말하는 걸 보고 있으려니 한 번도 본 적 없는 나까지도 기대하게 되는군."

이번 화산행을 함께하며 몇 번이나 일성에게서 단사천이라는 막내사제의 이야기를 들었다. 그것 외에도 개봉에서 패천방주의 여식과 함께 움직이며 마인들을 상대하고 강호에 나서서 겨우 몇 달 만에 청의검협이라는 별호까지 얻은 사제의 이야기는 그도 궁금했다.

들리는 바에 의하면 의선문에서의 혈겁에서도 큰 활약을 했다고 하며 의선의 손녀와도 인연이 닿았다고 한다.

협을 행하고 악인을 무찌르며 미녀를 얻는 이야기 속 주인공 같은 활약에 그는 순수하게 감탄하고 있었지만 뒤의 둘은 전혀 동의하는 얼굴이 아니었다.

"아무리 단가에서 애지중지 키웠다고는 해도 그래봐야 속가

제자인데 너무 기대하시는 거 아닌가요?"

"분광검법이나 사일검법은 물론이고 회풍무류검의 기본식도 익히지 못한 속가제자 아닙니까. 저는 사형들이 뭘 기대하시는지 모르겠습니다."

일향(日香)과 일양(日陽)의 얼굴에 떠오른 것은 도문의 제자로 수행하는 자들에게는 어울리지 않는 감정인 질투였다.

보통은 청자배의 지도를 받는 다른 일자배의 제자들과 달리 무자배 장로 중 하나인 무곡자의 눈에 들 정도로 그 둘은 상당한 근골과 오성을 지닌 인재였다.

감히 뛰어넘는다는 상상도 할 수 없는 일성에게 비할 수는 없었지만 그래도 둘의 무공은 충분히 다음 세대의 점창을 짊어질 후기지수라는 말을 들을 만했다.

하지만 그런 그들도 아직 자칭할 수 있을 만한 별호는 없었다.

철이 들기도 전에 검을 들었고 심법을 수련해 왔다. 손에 굳은살이 박이고 떨어져 나가기를 반복했고, 손에는 늘 상처를 달고 살았다. 검을 내던지고 쉬고 싶은 적도 하루 이틀이 아니었지만 그래도 포기한 적은 없었다.

몇 번인가 강호행을 하기도 했다. 전부 그리 길지는 않았고 운남성과 인근인 귀주, 광서나 사천을 돌아다닌 수준이기는 해도, 도중에 산적들을 상대하거나 파락호들과 시비가 붙은 적도 있었고 적지 않은 사람을 구하기도 했다.

하지만 그래도 별호는 없었다.

그런데 단사천은 첫 강호행에 별호를 얻었다. 그것도 자칭이나 좁은 지역에서만 통용되는 것이 아니라 꽤나 유명한 수준이었다.

질투의 이유는 딱히 그것만은 아니었다.

만일 단사천이 평범한 그들 또래의 속가제자였다면 그들도 순수하게 단사천과의 만남을 기대할 수 있을지도 모른다.

하지만 단사천은 평범한 속가제자가 아니었다. 겨우 서너 번에 지나지 않는 강호행만으로도 공공연히 점창제일검 소리를 듣는 무양자의 제자이며 그들은 어쩌다 한 번 먹을 수 있는 수준의 영약을 매일같이 먹어왔다.

그나마 개인 수련은 나름 열심히 한다지만 다른 제자들과 달리 공동 수련에는 참가조차 하지 않고 늘 쉰다고 들었다. 그 둘이 보기에 단사천은 단순히 부모를 잘 만나 그 덕을 보는 한량에 지나지 않았다.

오히려 단사천을 좋게 받아들이고 있는 일성과 일도가 이상했다.

일자배 제자들 사이에서는 단사천에 대해 좋은 말이 나올 수가 없었고, 기실 이것이 정상적인 반응이었다.

"무슨 말을 그렇게 하느냐? 단 사제가 속가제자이든 본산제자이든 무슨 상관이더냐! 본산제자가 아니라고 할지라도 여전히 너희의 사형제다."

일도가 단호한 어조로 말하자 일성도 얼굴이 굳어졌다. 일향과 일양 두 사제가 단사천에게 좋지 않은 감정을 품은 것은 알고 있었지만 그래도 무양자의 앞에서 대놓고 저리 말할 줄은 몰랐다.

무양자가 단사천의 사부인 것은 둘째 치더라도 사문의 어른 앞에서 다른 제자를 깎아내리는 행위에 일성의 얼굴이 굳을 수밖에 없었다.

그제야 상황을 파악한 둘의 얼굴도 굳어졌지만 그들이 걱정하는 것처럼 불호령이 떨어지지는 않았다.

"사실인데 뭘 그러느냐?"

눈앞에서 제자를 깎아 내리는 사질들을 보면서도 오히려 무양자는 그렇게 말했다. 말에는 웃음기마저 섞여 있다.

"사숙!"

"솔직히 내가 봐도 네가 너무 기대하고 있는 것 같다."

검날에 쌓인 먼지를 털어내고 손끝으로 예기를 가늠하는 것을 마지막으로 검을 집어넣은 무양자는 무심하게 일자배의 네 제자를 훑고서 입을 열었다.

"제자 녀석은 일성 너처럼 천부적인 무재(武才)가 아니야."

"그게 무슨 소리십니까? 단 사제처럼 대단한 무재를 타고난

제자가 점창에 또 누가 있다고……."

대답에 황당함이 담겼다. 일성은 스스로도 상당히 뛰어난 근골을 타고났다고 생각하지만 단사천의 근골과 비교하면 초라할 뿐이었다.

그리고 그걸 누구보다 잘 알고 있을 무양자이기에 황당함은 더했지만 무양자는 일성의 반응을 무시하고 덤덤히 말을 이어갔다.

"몸뿐이라면 천하 누구랑 비교해도 뒤지지 않겠지. 그것도 돈과 영약으로 만든 것이기는 하다만… 그보다도 중요한 건 따로 있다."

숨을 돌린 무양자는 관자놀이 부근을 톡톡 두들기며 다시 입을 열었다.

"상승 무공에 근골 이상으로 작용하는 것이 마음이다. 그런데 녀석은 투쟁심도 없고 경쟁심도 없지."

더 높은 곳을 향하는 상승 의식과 적수를 만나면 검을 맞대고 싶어 하는 호승심, 무인이라면 필수적인 그 두 가지가 단사천에게는 결여되어 있었다.

이제 와서 새삼스러운 이야기이기도 했다.

점창 문도라면 아마 모두 알고 있을 것이다. 청의검협에 더해진, 얼마 전부터 불리기 시작한 참마검전(斬魔劍電)이라는 별호나 마인들과의 싸움, 의선문의 혈겁 같은 이야기에 가려져 있었지만 어쨌거나 단사천의 본질은 소심한 보신주의자였다.

무제한의 영약과 본인의 노력에 힘입어 또래에서는 손꼽힐 수준이기는 하지만 그뿐이다. 본능으로 검을 내치고 승리를 위해 상처 정도는 우습게 넘길 수 있는 독기가 없었다.

"적을 만나면 도망칠 생각부터 먼저 하고 시비는 어떻게든 피해가려 한다. 돈을 줘서 안전을 살 수 있다면 얼마든지 살 녀석이지. 무인이랑은 거리가 멀어."

무공을 배우는 이유부터 무인이라고 할 수 없었다. 강해지기 위해서가 아니라 건강을 챙기기 위해서였다. 동네 무관을 다니는 촌로 같은 목표.

"겨우 반년 만에 네가 기대하는 것처럼 성장하려면 수도 없는 사투를 겪어야 할 거다. 그런데 그 녀석은 그럴 녀석이 아냐."

단사천의 나이를 뛰어넘은 무위는 어디까지나 본인의 노력과 더불어 주어진 집안의 무제한적인 지원에 힘입은 것이다.

무인이란 본디 격렬한 투쟁 속에서 성장하는 법이지만 단사천은 그런 무인의 삶과는 거리가 멀었다.

"그렇다면 더 기대해도 괜찮지 않습니까? 의선문이나 개봉에서 들리는 이야기는……."

"나도 이야기는 들었다. 개봉에서는 철화(鐵花)를 구하기 위해서 마인들과 싸우고 의선문에서는 의봉(醫鳳)을 감싸다가 독을 뒤집어썼다고 했지? 그런데 그놈이 그럴 놈이더냐? 아니지. 현장에서 제일 먼저 도망칠 놈이다, 그 녀석은."

제자를 평가하는 무양자는 신랄했지만 과장이라고는 한 점도 섞이지 않은 진심이었다.

강호를 떠도는 풍문은 와전되게 마련이다. 매담자(賣談者)들이 아니더라도 객잔이나 주점에서 떠드는 사람들의 입은 과장하고 비틀기를 예사로 한다.

물론 송수일에게서 받은 서찰은 단사천에 대한 칭찬으로 가득했지만, 대부분이 협의가 출중하다거나 사람들을 구하기 위해 앞장서 마인들과 싸웠다거나 하는 도무지 믿기 힘든 이야기뿐이었기에 더욱 믿기 힘들었다.

단사천의 성격과 강박관념을 아는 그로서는 도무지 협객이 된 단사천을 떠올릴 수 없었다.

아마도 어쩌다 사건에 휘말리고 본의 아니게 끌려 다니며 싸운 것이 와전되었다는 추측이 더 신빙성 있게 느껴졌다.

"확실히 단 사제가 건강을 조금 심하게 챙기기는 하지만 점창의 제자로서 협의를 배웠으며 개봉에서 철화를 구한 것도 사실입니다. 그리고 단 사제 정도의 무공이라면 충분히 가능한 이야기 아닙니까?"

일성은 꺾이지 않았다. 무양자가 단사천에게 기대하지 않는 이유가 있듯 그에게도 단사천을 향한 기대를 접을 수 없는 이유가 있었다.

'그때 본 검을 아직도 잊을 수가 없다. 눈으로도 좇을 수 없는 쾌검! 검을 쥐고 거우 6년 만에 그만한 속도를 얻기 위해서 어떤 고련을 거쳐야 했을지 상상도 가지 않는다.'

지금도 그 검격을 상상하면 소름이 돋는다. 점창 최고라 자만하던 그의 눈을 다시금 뜨이게 만들어준 검.

단사천의 그 건강에 대한 신념에 가까운 행동들은 분명 그 검에 도달하기 위해 삶 전체를 수련의 일부로 생각하는 자의 것이라고 일성은 받아들이고 있었다.

또한 천하대전의 우승자인 자신을 쉽게 꺾을 정도의 무공을 지니고도 드러내지 않는 겸손함이나 조금 사교성이 없기는 하지만 이번 강호행으로 정사를 가리지 않고 사람을 구할 정도의 의협심도 보여주었다.

무양자나 단사천 본인이 알았다면 깊은 한숨을 내쉬며 손을 내저을 생각이었지만 일성은 막내사제를 그렇게 받아들이고 있었다.

'기대하지 않을 수가 없다. 다시 그 검을 보고 싶다. 무리를 나누고 검을 맞대보고 싶다.'

그야말로 콩깍지가 씐 상황이었지만 본인은 전혀 자각하지 못하고 있었다.

"조금 심하게라……. 그걸 그렇게 표현하는 건 너뿐일 것이다."

무양자의 한숨이나 일도의 쓴웃음, 일양과 일향의 못마땅한 표정……. 어느 것 하나도 일성의 눈에는 들어오지 않았다.

'그런 것보다 제자 녀석이 올라오기는 할지 그게 걱정이군.'

무양자는 다 식어버린 차를 마시며 생각에 잠겼다.

'그 녀석 성격상 마인들이 습격할지도 모른다는 걸 알면 절대 올라오려고 하지 않을 텐데…….'

그가 아는 단사천이라는 제자는 '어디까지나 자신의 안전이 보장되는 선에서만 협객'이라는 좌우명에 충실한 제자였다.

세간에서는 청의검협이니 참마검전이니 하는 별호까지 붙여가며 마인을 용서하지 않는 협객이라도 되는 듯 단사천을 포장하고 있지만, 그 성격은 겨우 반년의 강호 경험으로 바꿀수 있는 성질의 것이 아니었다.

'그래도 어쩌면 조금 정도는 바뀌었을지도 모르지. 하지도 않은 일로 별호가 생기지는 않았을 테고.'

남은 차를 단숨에 비우고 찻잔을 내려놓으며 생각을 정리했다.

'조금은 기대를 해도 괜찮은가.'

잠시 그런 생각도 들었지만 협객이 된 단사천을 상상하니 역시 헛웃음만 나왔다.

                    *   *   *

"수고하셨습니다."

"아뇨. 수고랄 것도 없습니다. 오히려 아무것도 하지 않고 돈만 받아가는 것 같아 죄송합니다."

"그럴 리가요. 덕분에 편하고 안전하게 왔습니다."

"그렇다면 다행입니다. 이후로도 부디 저희 철마표국을 잊지 말고 기억해 주시길……."

물주를 떠나보내는 표국주와 호위를 떠나보내는 단사천의 눈물 어린 이별에 한숨을 내쉬는 것도 잠시, 무설은 홀가분한 마음으로 마차에서 내렸다.

물경 300명에 이르는 대인원이 움직이는 여행이었지만 표국주 장도명의 수완과 단가의 이름 덕에 도중에 생긴 문제라고는 숙식이나 야영지의 크기 정도가 전부인 무탈한 여행이었다.

그리고 이 무난하기 그지없는 여행은 단사천에게 있어서 꿈과 같은 시간이었지만 무설에게 있어서는 지루함 그 자체인 시간이었다.

아무리 마차를 타고 움직이는 것이 배를 타고 움직이는 것보다는 덜 지루하다지만, 그것도 명승고적을 찾아다니고 진미를 찾아다닐 때의 이야기다. 화산까지 곧게 말을 내달린 이번 여정에서 느낄 수 있는 여행의 재미는 지역을 건너며 바뀌는 풍경이 전부였다.

무가에서 태어나 자란 그녀로서는 참기 힘든 지루함의 연속이었다.

'여기가 화음현인가? 생각보다 크네.'

화음현은 크다. 주, 부, 현으로 나뉘는 명의 행정구역 중 가장 작은 단위인 현이기는 하지만 화산에 자리한 화산파가 직간접적으로 만들어내는 각종 이권에 영향을 받아 상당한 성세를 자랑하는 곳이었다.

그 외에도 화산파의 명성에 이끌려 제자가 되기 위해 찾아오거나 화산파의 도인들과 인연을 맺기 위해 찾아오는 무수한 사람들에 의해 언제나 활기 넘치는 곳이기도 했다.

'한데 기분 탓인가? 들은 것과 달리……'

하지만 그녀가 화음현에 도착했을 때는 어디에서도 활기를 찾아보기 어려웠다. 어딜 가도 마찬가지였다.

무림인 수백 명을 끌고 온 것 때문에 그런 것인가 했지만 방금 마지막까지 있던 철마표국의 표사들과도 잔금을 치르고 거래를 끝낸 상황이다.

이제는 패천방과 의선문에서 각각 붙여준 호위 십여 명만 함께 움직일 뿐인데도 상황은 다르지 않았다.

화산파가 바로 지근거리에 있는 만큼 무림인에 대한 경계 때문은 아닐 테고… 사파 특유의 거친 분위기 때문인가 싶어 호위들과의 거리를 벌려 봐도 위축된 공기는 변함없었다.

객잔, 다루, 포목점 같은 상점들도 영업을 하고 있기는 하지만 손님은 극히 드물었다. 마치 어쩔 수 없이 문을 열고 장사하는 모양새였다.

'그나마 오가는 사람들도 하나같이 한가락 하는 무인들이야. 그렇다고 저 사람들이 이 분위기의 주범인 것 같지도 않고. 대체 뭐지?'

길거리, 저잣거리에서 흔히 볼 수 있는 삼류 파락호가 아니라 제대로 수련을 쌓은 무인들이 몇 없는 행인의 대부분이었다.

화산파가 바로 옆에 있으니 당연하다면 당연한 일일지도 모르지만 오가는 무인들은 화산파 도사보다도 다른 곳에서 온 무인들이 더 많았다.

'종남파? 거기에 청성파 도사도 있고 무당파까지……'

도문의 도사들 외에도 소림의 무승이나 제갈세가의 이름이 새겨진 무복을 입은 자들도 있었다. 마치 천하대전과 군웅대회가 열리던 개봉에서 정도의 대문파들을 모아놓은 것 같은 모습이었다.

그 정도로 이름만 대면 알 수 있을 정도의 문파들이 모여 있었다.

'뭔가 일이 생길 것 같은데.'

무설의 눈이 반짝였다.

대체 화산파의 앞마당이라고 할 수 있는 화음현에서 무슨 일이 벌어지고 있는지 알 수 없었지만 그녀는 무가, 그것도 거친 항쟁을 통해 성장한 방파의 여식이다.

은혜를 갚는다는 명목으로 단사천의 뒤를 쫓아왔지만, 이렇게 대놓고 사건의 냄새를 풍기는데 그냥 지나칠 수 있는 성격이 아니었다.

더군다나 지루한 여행의 끝에 놓인 사건이라면 더더욱.

'그래봐야 단 공자가 알아차리면 끝이겠지.'

하지만 아무리 그녀가 사건에 머리를 들이밀고 싶어 할지라도 단사천의 반대가 있을 것이 분명했다. 화산을 중심으로 흐르는 불온한 소문에서 마인들과의 충돌도 있을 수 있다고 판단하고 온 길이기는 하지만 이 정도로 심상치 않은 분위기는 그 결심을 흔들기 충분했다.

더욱이 단사천은 제 한 몸의 보신을 위한 눈치만큼은 뛰어났다.

무설의 생각대로 단사천은 마을에 깔린 무거운 분위기에서 이상함을 감지했고 이상함을 불길함으로 확신한 것은 식사를 위해 들어간 객잔 한구석에서 들려오는 대화였다.

"마인들이 화산에 오를 거라는 소문이 있던데, 그게 정말인가?"

"지금 구파일방 중 여섯이나 여기 모인 걸 보면 모르나? 듣기로는 무림맹 소집령까지 내렸다는데?"

"소림사 무승들이야 보기는 했지만 도사들이 다 거기서 거기라 알 수가 있어야지."

"그러고 보니 본 것도 같네. 웬 도사들이 많이 돌아다니기에 화산파 도사인가 싶었는데 좀 달라서 뭔가 했더니 그런 거였구먼."

거리는 꽤 떨어져 있었지만 객잔에는 손님이 몇 없었기에 그리 작지 않은 장한들의 말은 귀를 기울이지 않아도 충분히 들렸다. 장한들만이 아니라 다른 곳에 앉아 있는 손님들이 하는 대화도 비슷했다.

목소리의 크기나 대화의 대상이 조금씩 달라지기는 했지만 모두가 하나같이 비슷한 이야기를 하고 있었다.

"그래도 화산파는 화산파지. 거 듣자 하니 섬서에 있는 매화검수도 다 불러들였고, 화운검 태청 진인이랑 추영장 태함 진인도 돌아왔다고 하던데, 당연히 그 미치광이들을 혼쭐을 내줄 거여."

"그건 모르는 일이지."

"뭐? 마인 놈들이 이길 것 같다 이거여?"

"생각을 한번 해보게. 만약 마인들이 충분히 감당할 만하다 싶으면 그 콧대 높은 화산파 도사들이 다른 문파의 도움을 받을까? 아니지. 오히려 그 반대로 자신이 없으니까 소림이고 무당이고 가리지 않고 손을 벌리는 거지."

"거, 소림이야 얼마 전에 망신당한 것 때문에 그러고 다른 곳은 서로 돕자고 모인 거지 무슨……."

"그런 거면 좋겠지만… 아, 그리고 복건에서 올라온 친구 놈 한테 들은 건데 거기서는 마인들이 화탄까지 썼다더구먼. 천주 시내에서 패천방 건물을 다 날려 버렸다는데, 어휴, 이거 여기서도 뻥뻥 터지고 그러는 거 아닌가 모르겠어."

"뭐 어쨌거나 한동안 산에는 올라가덜 말고 쥐 죽은 듯이 있어불자고. 가만히 있으면 우리 같은 촌무지렁이들까지 죽이지는 않겠지."

식사를 하던 단사천은 젓가락을 내려놓으며 머리를 부여잡았다.

벌써 복건의 일이 퍼졌다는 건 아무래도 좋았다. 그보다 앞서 나온 마인들의 이야기가 문제였다. 그것을 듣는 순간 입에 담고 있던 요리를 내뱉을 뻔했다.

한 접시에 은 한 냥을 내고 먹는 진귀한 약선 요리였기에 억지로 참으며 씹어 넘기기는 했지만 충격에 젓가락이 움직이지 않았다.

'충돌을 각오하고 있기는 했지만 이거 생각보다……'

계속해서 다른 손님들의 이야기에도 귀를 기울여 봤지만 다른 이야기는 없었다. 오직 화산과 마인, 싸움에 관한 이야기뿐이었다.

"어쩔래요, 단 공자? 아무래도 여기서도 마인들이랑 만나게 될 것 같은데요."

현백기를 품에 안고 있는 무설은 짓궂은 미소를 띠었다. 서이령은 난처한 웃음을 띠고 있고, 현백기는 앞에 놓인 오리구이에 온 정신을 빼앗겨 고인 침을 닦아내느라 단사천의 고민에는 관심이 없었다.

"내일 아침 날이 밝는 대로 최대한 빠르게 사부님만 만나고 바로 내려오면 어떻게든 될 겁니다. 설마 마인들이 그새 습격하지는 않을 거라고 봅니다."

화산은 험준한 산세로 유명하지만 경공을 최대한으로 발휘한다면 새벽 동틀 무렵 산을 오르기 시작해 해가 지기 전에 내려올 수도 있었다.

생각이 있는 자라면 섬서 인근 대문파들의 무인들이 모인 곳을 백주에 당당히 습격하지는 않을 테니 나쁘지만은 않은 생각으로 보였다.

다만 사라지지 않는 불안감에 의해 목소리가 떨리는 것까지는 어쩔 수가 없었다.

"그럼 좋겠네요."

묘한 여운이 남는 무설의 말을 마지막으로 식사가 재개되었다. 별다른 대화는 없었지만 오리구이의 맛을 보고는 눈을 빛내며 제 몸집만 한 오리를 기어코 모두 먹은 현백기의 모습에 다들 웃으며 식사를 끝냈다.

식사가 끝나고 나서는 딱히 할 일이 없었다.

화음현의 전체적인 분위기가 침체된 탓인지 어느새 어둠이 내려앉은 거리에는 제대로 장사하는 곳을 찾아보기 힘들었거니와 내일 새벽부터 움직일 예정이니 평소보다 빨리 잠자리에 들 필요도 있었다.

"그런데 너무 이른 시간이라 그런지 잠이 올 것 같지 않네요."

여독이 쌓였다지만 그걸 감안해도 상당히 이른 시간이었다. 이제 막 호롱에 불을 켜는 시간이었다.

"달도 밝은데 후원에 내려가서 술이라도 한잔할까요?"

"술 안 마십니다."

단호한 대답이었지만 여기까지는 무설도 예상한 바였다. 준비한 것도 있었다.

"한 잔 정도는 괜찮아요. 아니, 오히려 몸에 좋다잖아요. 안 그래요, 서 소저?"

"예, 뭐… 너무 강하지 않은 술 한두 잔 정도라면 혈액순환이나 숙면에도 도움이 되고 조금 강하더라도 양기가 부족한 단 공자님에게 나쁘지는 않을 겁니다."

서이령이 입에 담은 것은 받아들인 토기, 수기, 목기의 균형 문제였다.

일단 영기를 받아들인 다음은 곧바로 온갖 방법과 약재를 사용해 가며 균형을 맞춰놓기는 했지만 영기들의 균형이 전반적으로 음기에 가깝다는 건 부정할 수 없었다.

목기와 토기는 중심을 잡는 역할이고 수기에 이르러서는 완벽히 음기로 치우쳐져 있다. 같은 영기가 아니라면 온전한 조화와 균형을 이룰 수는 없지만 임시로나마 균형을 유지하기 위해서는 양기의 보충이 필요했다.

"먼저 내려가겠습니다."

그리고 예상대로 단사천은 기다렸다는 듯 얼굴을 바꾸고 앞장서 내려갔다.

변덕도 일관성 있는 그 모습에 두 여인은 쓴웃음을 지었다.

"우리도 내려가요."

"그런데 왕야께서는 안 내려가십니까?"

"오리 한 마리를 다 드신 것 때문에 소화불량으로 뭘 더 드실 상황이 아니세요."

확실히 저녁 식사 후의 현백기는 터질 듯 부푼 배를 쓰다듬고 있었다. 지금도 문틈으로 살짝 보이는 현백기의 모습은 웅 크리고 있는 것이 마치 동그란 공 같아 보였다.

먼저 내려온 단사천은 마침 지나가던 점소이에게 양기를 북 돋아줄 술을 후원으로 가져다 달라고 주문했다.

술에 대해 아는 바가 거의 없으니 적당히 주문한 것이지만 주문을 받은 점소이는 의미심장한 미소를 지어 보이곤 곧 준 비해 오겠다며 사라졌다.

'비싸서 그런가?'

식사도 하나같이 비싼 약선 요리로 시켰고 심부름 삯도 넉 넉히 주었으니 그럴지도 모른다고 생각했지만 아무래도 그것 과는 조금 다른 것 같은 웃음이었다.

잠시 고민한 단사천이었지만 정답을 찾지 못한 채 후원에 도착했다.

상당히 잘 꾸며진 정원수와 작은 연못 사이의 정자는 달밤 아래 차분한 운치가 있는 공간이었다.

정자에 올라 둘러보면 달밤의 조화는 더욱 선명해졌다. 국 화와 구절초의 하얀 꽃잎에 내려앉은 달빛은 마치 은으로 물 든 세계 같았다.

은은한 멋에 감탄하고 있으니 곧 무설과 서이령이 술과 찬 이 담긴 작은 다탁(茶卓)을 들고 오고 있다.

달빛과 화원을 가로지르는 모습은 한 폭의 미인도 같았지만 단사천의 눈은 두 미인의 미태보다도 다탁 위의 술병들에 닿아 있었다.

알아차리기 힘든 옅은 약 향이 술병의 좁은 주둥이에서부터 풍겨 나오고 있었다.

"어때요? 나오길 잘했죠?"

"예, 확실히."

바로 옆에 앉은 무설의 말에 술에서 시선을 떼고 대답했다. 인정할 것은 인정해야 했다. 담백하고 차분한 풍경의 조화는 사람의 마음을 사로잡는 매력이 있었다.

"자, 일단 한잔 받아요. 오면서 봤는데 꽤 좋은 술 같아요."

붉은 술이 술잔을 채우면서 술병 속에 갇혀 있던 향기가 풀려 나왔다. 어느 하나의 향기가 독주하는 것이 아니라 여러 향기가 비슷한 수준으로 서로 얽혀 있었다. 그리고 그 대부분은 익숙한 약재의 향이었다.

"산서에서 들여온 죽엽청에 오디와 마가자(馬家子)를 넣고 숙성시켰다고 합니다. 원본부터 속을 편히 만들어주고 기와 혈액의 순환을 돕는 걸로 유명한 약주이니 적당히만 마시면 보약이나 다름없을 겁니다."

익숙한 약 향에 서이령의 설명이 더해지자 검붉은 빛깔의 술이 늘 마시던 탕약으로 보이기 시작했다.

곧 서이령과 무설의 잔에도 붉은 술이 차오르고 약 향이
한층 진해졌다.

"자, 그럼 뜸들이지 말고 맛을 봅시다."

혀를 채우는 맛은 단맛이었다. 당과처럼 강한 단맛은 아니
지만 마시기 전 맡은 약 향과의 괴리감이 느껴질 정도로는 충
분했다.

목 넘김도 순하고 뒤에 남는 향은 진했지만 오래가지 않고
곧 흩어졌다.

"후우……."

그래도 역시 술은 술이었다. 아무리 약재가 많이 들어가고
향이 진한 약주라고는 해도 술의 독한 기운을 다 숨길 수는
없었다. 마치 불덩어리를 삼키는 듯 뜨거운 기운이 단번에 몸
을 덮혀왔다.

하지만 그런 주기(酒氣)도 한순간이었다. 위장에 들어찬 양
기는 인도할 필요도 없이 곧장 흩어져 전신을 흐르는 영기에
녹아들었다.

약주(藥酒)라는 이름에 걸맞은 느낌이었다. 약이며 동시에
술 양쪽 모두 성립하고 있었다.

"생각보다 맛있네요."

"명주(名酒)라고 해도 좋은 술입니다. 약주는 보통 약재에
치우치게 마련이라 마시기 어려운 것들이 많은데, 이건… 좋

네요."

무설은 만족한 눈빛으로 말했고, 서이령은 놀란 어조로 말했다.

둘 모두 약 향이 진하게 올라올 때부터 약주의 한계를 생각하고 있었지만 생각 이상으로 부드럽고 달콤한 맛에 놀랐다. 달고 부담이 없어 자연스레 손이 가는 술이었다.

"그런데 단 공자!"

반 모금의 술이 가져온 여운을 즐기고 있으려니 무설이 높은 소리로 물어왔다.

어느새 앞에 있던 술병이 바닥을 보일 정도로 비워져 있다. 그 잠깐 사이에 몇 잔을 더 들이켰는지 얼굴도 붉어져 있었다. 목소리가 높아져 있을 만도 했다.

"대체 단 공자는 뭐 하는 사람이에요? 점창파 제자는 맞아요?"

"도호까지 받지는 않았어도 점창 문도는 맞습니다."

누가 어떻게 해도 결례인 질문이지만 망설임이 없는 것을 보니 취한 것이 확실했다.

'내공은 어쩌고⋯⋯.'

겨우 반각도 지나지 않았다. 단사천이 한 잔도 채 다 비우지 못하는 동안 그녀는 한 병을 다 비운 듯했다. 약한 술도 아니었건만 아무래도 술이 부드럽고 달콤한 것에 방심한 것인지 꽤나 흐트러진 모습이다.

서이령 역시 고개를 푹 수그린 상태로 고개를 들 생각이 없어 보이는 것이 무설과 별다를 바 없어 보였다.

"그건 그렇다 치고, 중요한 건 그게 아니라……. 단 공자, 단 공자의 무공은 대체 뭐예요? 전부터 궁금했는데 그거 정파 무공은 맞아요?"

"분광검도 아니고 사일검도 아니고… 회풍무류검도 아니고……."

무설의 말에 뒤이어 서이령도 무어라 중얼거리기 시작했다.

"아무리 봐도 그거, 정파 무공이 아닌 것 같아서 그래요. 거기에 다른 점창파 무공은 하나도 안 쓰고… 유운검법이나 연형비운(煉形飛雲) 같은 속가제자도 배울 만한 무공도 쓴 적 없잖아요. 혹시 단 공자 가문 비전무공 뭐 그런 거예요?"

"문사 집안에 비전무공이 있어봐야 뭐가 있겠습니까. 전부 사부님께 배운 무공입니다만……."

말끝을 흐렸다. 그렇지 않아도 무설이 지적하는 부분은 단사천도 내심 신경 쓰는 것이다.

아무리 속가제자라지만 점창의 무공 중 제대로 익힌 것은 호체보신결이 유일했다.

무광검도도 무양자에게서 배운 것이니 뿌리는 점창파에 두고 있겠지만 어디까지나 일인전승이며 정도의 무공이라기에는 근원이 되는 사상부터 상당히 뒤틀려 있었다.

"흐응……."

가늘게 뜬 눈으로 얼굴을 가까이 들이밀어 온다. 그렇게 하면 속을 알 수 있기라도 한 듯이 코앞까지 다가온 무설의 시선에 고개를 돌리고 남은 술을 들이켰다.

슬쩍 보니 서이령은 이쪽을 보고 있기는 하지만 멍한 눈을 보건대 곧 쓰러져 잠들 것 같았다.

'방으로 돌려보내는 건 어려운 일이 아니지만…….'

지금도 그리 멀지 않은 곳에서 호위들이 이쪽을 보고 있다. 말 한마디만 하면 무설과 서이령을 안으로 돌려보내 줄 사람들이다.

"처음에는 단 공자가 무슨 옛이야기에나 나오는 천살성이니 뭐니 하는 그런 건 줄 알았어요."

막 호위들을 불러 무설을 부탁하려던 찰나, 그녀가 다시 원래 자리로 돌아가며 조금 차분해진 목소리로 입을 열었다.

"지금은 그냥 광적으로 건강을 챙기는 이상한 사람이라고 생각하지만요."

숨김없는 본심이다. 발갛게 물든 볼은 확실히 술기운에 의한 것이었다.

"저… 그런데……."

"이런, 선객이 있었나? 오랜만에 월송정(月送停)에서 한잔할까 했는데 아쉽군."

무설이 술기운을 빌려 무언가 다른 말을 꺼내려 할 때 다른 목소리가 끼어들었다.

경쾌한 목소리의 사내는 자색 비단옷에 영웅건을 두른 젊은 청년이었다. 정련된 기세에 화려한 수실이 달린 검을 패용하고는 있지만 호위들이 경고를 하거나 막지 않았으니 평범한 손님일 터였다.

"혹시 계속 있을 거라면 합석 괜찮나?"

"아뇨. 술도 다 마셨고 곧 일어날 생각입니다."

"그런가? 이거 내쫓는 것 같아서 미안하네."

"아닙니다."

그때였다, 샐쭉한 표정으로 청년을 노려보던 무설이 작은 감탄사와 함께 입을 연 것은.

"산화난영(散華難影) 청료(靑蓼)!"

"음? 소저가 박식하시군. 유명한 이름도 아닌데."

갑작스러운 외침에 놀란 청년은 신기하다는 듯 말했지만 입꼬리가 올라간 것이 보였다.

아닌 척하지만 알아보고 반응한 것에 기뻐하고 있었다. 그러면서 단사천의 눈치도 보는 것이 뭐라 반응해 주길 기대하고 있는 것 같다.

하지만 기억을 뒤져 보아도 딱히 떠오르는 바가 없어 가만히 있으니 무설이 답답하다는 듯 말했다.

"그 왜… 개봉에서 봤잖아요."

개봉에서 본 사람이 한둘이던가. 저 정도 기세에 별호가 있을 정도라면 길거리가 아니라 비무대 위에서 봤을지도 모르지만 그것으로도 백 수십 명이 넘었다.

일일이 신경 쓰고 기억하기에는 너무 많은 숫자였고, 그 뒤 이어진 일들의 여파로 잊을 수 없는 만남인 무설과 점창파의 동문들을 제외하면 개봉에서 만난 사람 중 기억에 남아 있는 사람은 없다시피 했다.

"섬룡 일성 소협의 1회전 상대요."

어렴풋이 기억나는 것도 같지만 그래도 여전히 흐릿하다. 간신히 기억해 낸 것이라고는 겨우 일성이 세 합의 겨룸 끝에 이겼다는 한 줄 기억뿐이다.

"아직도 기억 안 나요? 그때 겨우 세 합 만에 끝나서 막 한심하게 쳐다보던……."

"죄송합니다. 일행이 취해서 결례를……."

당황한 탓에 손이 늦었다. 힘 조절을 잘못했는지 입을 틀어막힌 무설이 손을 툭툭 때리고 있었지만 신경 쓸 여유가 없었다.

"아니, 사실을 말했는데 무얼……. 그걸 봤으면 그럴 만도 하지. 확실히 섬룡에게는 손도 발도 못 내밀고 져 버렸으니까."

방금까지 기분 좋은 웃음을 짓고 있던 청료지만 이제는 그 얼굴에서 열기가 흘러나오고 있었다.

분명 웃고 있었지만 웃음이라고 생각되지 않는 얼굴이다.

"그럼 저희는 이만……."

자리에서 벗어나기 위해 몸을 일으켰지만 정자를 내려가는 길목을 막아선 청료에 의해 더 움직일 수 없었다.

"아니, 잠깐만 기다려 주게. 내가 그 뒤로 섬룡의 쾌검을 상대하기 위해 새로 무공을 익혔는데 잠시 어울려 주지 않겠나? 아주 잠깐이면 되네. 겨우 세 합 만에 패배한 한심한 놈 아닌가."

청료는 처음과 그다지 바뀌지 않은 웃는 얼굴을 하고 있었지만 보내줄 생각은 없다는 듯 날카로운 기세를 내뿜고 있었다.

三. 청료

날카롭게 기세를 내뿜던 청료지만 사실 그렇게까지 평정을 잃은 상태는 아니었다.

취객의 말에 일일이 화를 내며 반응할 만큼 수행이 얕지는 않았다.

사실 일성에게 볼썽사납게 패한 것도 사실이고 설욕하고 싶다는 마음은 있었지만 그 패배 덕에 자만심을 버리고 다시금 단련하는 계기가 되기도 한 만큼 그날의 비무를 나쁘게만 기억하고 있지는 않았다.

더욱이 사과까지 받았으니 문제 삼지 않고 그냥 넘어가도

괜찮았다. 거기 있는 것이 점창파의 무인만 아니었다면

"그리고 보니 통성명도 하지 않았군. 나는 화산의 청료라고 한다네. 태청 진인게 사사했고 매화검수의 한 사람이고… 무림 동도들은 산화난영이라고도 부르지."

천하대전에서의 패배 이후 반년이 지났다. 매화검수라며 떠받들던 주위의 입에 발린 칭찬을 잊고 그저 일성의 검만을 생각하며 절치부심 노력해 왔다.

하지만 아직 섬룡 일성에게 닿을 수 있다고 확신할 수는 없었다. 그날 나눈 세 번의 검격은 이제 딛고 올라설 수 있는 발판이 되었지만 반년이라는 시간이 그에게만 주어진 것은 아니니까.

시간은 공평하게 일성에게도 주어졌고 천하제일의 기재 소리를 듣던 일성이니만큼 그 못지않은 성과를 얻었을 것이 분명했다. 그와 일성 사이에 놓인 격차를 줄일 수 있었다고는 확신할 수 없었다.

'그렇다고 겁먹은 것은 아니지만……'

한 번 정도 자신의 무공을 시험할 상대가 필요했다. 가능하다면 일성처럼 쾌검을 사용하는 검수가. 그러던 차에 단사천이 눈에 들어왔다.

점창의 무복, 손에 박인 굳은살의 형태.

그토록 원하던 쾌검을 사용하는 무인, 그것도 섬룡과 같은 점창의 쾌검수였다.

일성에게 도전하기 전 자신의 실력을 검증할 상대가 눈앞에 있다. 그냥 넘어가도 괜찮은 시비를 굳이 잡아챈 이유였다.

"단가 십칠대손 단사천이라 합니다. 점창파에서 수학했고 무양자께 사사했습니다."

"단사천? 아! 참마검전, 청의검협! 이거 거물이었군."

단사천의 기운 없는 소개였지만 청료는 생각 이상의 거물, 요 근래 유명해진 이름의 등장에 더욱 짙은 웃음을 지었다.

'약관의 나이에 속가제자라고는 하지만 마인을 몇 명이나 베었다고 했지? 분광검이나 사일검을 볼 수는 없겠지만… 섬룡과 겨루기 전 상대로는 좋군.'

섬룡 일성이 점창파 본산제자 중 가장 유명한 후기지수라면 단사천은 속가제자 중 가장 유명한 후기지수였다.

비록 점창의 비전인 사일검이나 분광검은 익히지 못했다지만 마인들을 상대로 한 실전으로 유명세를 떨치고 있는 만큼 참마검전의 이름이 섬룡의 이름값에 뒤진다고는 할 수 없었다.

"그럼 한 수 배우도록 하겠네."

포권을 취하고 곧 매화검의 기수식으로 자세를 고쳤다. 화산검공의 기본이자 모든 것, 그에게 산화난영이라는 별호를 얻게 해준 검이며 일성의 쾌검을 상대하기 위해 준비한 검법이다.

눈을 빛내고 기를 고조시켰다.

그리고 한순간 고조되던 기세가 멎었다.

"하아압!"

투웅!

가볍게 내디딘 발걸음이 무색하게 거리가 단숨에 좁혀졌다. 멈춘 것은 단사천이 기를 흩뿌려 차지하고 있는 검권(劍圈)의 직전, 강하게 발을 굴러 신형을 멈춰 세우고 검권 바깥에서부터 검의 변화를 이끌어냈다.

'눈으로도 좇을 수 없는 쾌검을 정면으로 상대하지는 않는다.'

매화검과 같은 화려한 변화를 위주로 하는 검법의 장기는 본인을 제외하면 완전히 읽을 수 없는 검초의 허실을 통한 수싸움이다.

환검의 영역에 들어선 청료의 매화검은 허공에 잔상을 남기며 단사천의 검권을 압박해 들어가기 시작했다.

검의 속도는 빠르지 않다. 하지만 그럼에도 검법 자체의 묘리가 허공에 검의 잔상을 남기고 또 흩어졌다. 새하얀 달빛을 받아 흩어지는 수백, 수천 갈래의 검광과 검영은 그야말로 검화(劍華)였다.

'자, 어떻게 반응할 거지?'

검권의 절반 이상을 검화가 집어삼킨 상황이다. 실체를 지니지 않은 잔상이라고는 하지만 검화는 내공이 담겨 있어 완전한 허초인 것도 아니다.

저 작은 조각에도 살을 찢고 뼈를 부술 위력 정도는 충분히 담겨 있었다.

'유운검으로 흘리면서 기회를 노릴 건가, 아니면 회풍무류검으로 검화를 흩으려 할까? 그것도 아니라면 곧장 쾌검으로 밀고 들어올까?'

단사천의 대응을 예상하면서도 청료의 검은 멈추지 않고 계속해서 단사천의 검권을 압박했고, 어느새 검권의 7할 이상을 빼앗아온 상황이지만 여전히 단사천의 검은 뽑힐 생각을 하지 않고 있었다.

'아직도?'

틈을 찾고 있는 건지, 아니면 기회를 노리고 있지 건지는 알 수 없었지만 적어도 압도당해 포기한 것 같지는 않았다.

깊게 가라앉은 두 눈은 분명 무언가를 생각하고 있었다.

'지금도 한 번이면 끝낼 수 있을 것 같기는 한데……'

분명히 청료가 펼쳐내는 매화검의 검화는 단순히 아름다운 것이 아니라 상대의 검로를 막는 벽이며 동시에 치명적인 칼날이었다.

어지럽게 일그러지는 검기의 파편이 만들어내는 궤적은 복잡하고 기묘하게 얽혀 틈 따위는 없는 것처럼 펼쳐져 있었지만 단사천의 눈에는 듬성듬성 구멍 뚫린 그물에 지나지 않았다.

그의 눈에 비치는 것은 보통이라면 틈이라고도 할 수 없는 일순간의 틈새지만 무광검도의 속도라면 충분히 공략할 수 있는 수준이었다.

'여기서 한 번에 끝내 버리면 아무래도 체면이 망가질 테고……'

이대로 틈을 노려 검을 내지르면 끝날 것이다. 하지만 발검(拔劍)이라는 기술이 문제였다. 참격의 순간과 간격을 최대한 숨기고 단 한 번의 검격으로 모든 것을 결정짓는 무광검도의 기본이며 전부인 기술이지만 어떻게 보면 기습이나 다름없는 기술이다.

실제로 살수들이 가장 많이 사용하는 기술이기도 했고, 무광검도의 검세도 살수들의 그것과 별반 다르지 않았다.

그나마 분광검이나 사일검처럼 쾌검의 극한을 추구하면서도 정도를 벗어나지 않았다면 모를까, 무광검도는 구도(求道)가 아니라 오로지 검도(劍道)에 집중한 탓에 무공 전체에 살기가 짙게 배어 있다.

그런 것에 갑자기 당한다면 귀찮아질 소지도 충분했다.

일성과의 비무 이후에도 생각하던 것이다. 그때는 그나마 보는 사람이 없었기에 별일 없이 끝났지만 지금은 호위들과 객잔 이삼 층에서 이쪽을 내려다보고 있는 사람들의 눈이 있었다.

'역시 발검술로 끝내기보다는 좀 많이 부딪치는 모습을 보여줘야 하나.'

생각이 정리되는 것을 기다렸다는 듯 청료가 움직였다.

"움직일 생각이 없다면 내 쪽에서 가지!"

매화난만(梅花爛漫).

봄날 바람에 흩날리는 매화처럼 검화가 흩날리기 시작했다. 옆에서 본다면 아름다운 모습이었지만 그 안에 담긴 것은 날카롭기 그지없는 검기의 폭풍이었다.

"타합!"

화악!

방금 전까지는 그저 흩날리기만 하던 검화가 기합과 함께 몰아쳐 왔다. 수백의 검화는 하나하나가 허초이며 동시에 실초였다. 허실의 경계가 사라진 낙매성우(落梅成雨)는 청료가 지금 내보일 수 있는 최선의 수였다.

다만 검화는 한순간에 져버렸다. 새하얀 매화가 사라진 자리를 검은 선이 대신했다.

'허실의 구분은 안 된다면…… 전부 쳐낼 뿐.'

허초와 실초를 구분하지 않고 전부 쳐내면 된다고 한다면 누구라도 비웃을 것이다. 특히나 매화검과 같이 강호일절로 평가받는 환검이라면 더더욱 그렇다. 그건 쏟아지는 빗방울을 검으로 튕겨내겠다고 하는 것과 다름없었으니.

'마침 잘됐네. 이러면 초식 교환이라고 할 수도 있겠지.'

다만 쏟아지는 빗방울을 검으로 튕겨낼 능력을 지녔다면 이야기는 달라진다.

고요하게 흐르던 기세가 폭발하듯 뿜어지고 검이 가속한다. 압도적인 속도, 청료의 검이 새로 검화를 그리는 것 이상의 속도로 단사천의 검이 내달렸다.

무수히 쏟아져 내리는 검화를 무수한 검격으로 꿰뚫어 비튼다.

팡! 파팡!

무수한 검은 선이 새하얀 검화를 꿰뚫고 잠시 뒤 가죽 북 터지는 소리와 함께 시야를 가득 메우던 검화가 깨지듯 흩어지며 밤하늘을 수놓았다.

"이, 이건……!"

검화의 뒤, 눈으로도 기척으로도 좇을 수 없는 곳에 숨어 짓쳐들어오던 청료는 손아귀에 가해진 무거운 충격에 뒤로 물러나며 경악을 숨기지 못하고 침음을 흘렸다.

극에 달한 매화검의 변화를 이토록 쉽게 깨버릴 수 있다고는 상상도 못한 그였다.

일성에게 진 것은 변화를 시작도 하지 못하고 일성의 흐름에 넘어간 탓이라 여겼다. 제대로 변화를 이끌어낼 수 있었다면 그렇게 쉽게 졌을 리가 없다고 자신했다.

근거 없는 자신감도 아니었다. 매화검이 피워내는 검화는 검기의 다른 모습이다. 환검(換劍)과 산검(散劍)을 극한으로 체득한 자에게만 허락되는 것이 검화다.

허공에 흩뿌려진 검화는 상대의 검로를 틀어막고 검의 궤도에 끼어들어 기세를 상쇄시킨다. 압도적인 격차가 존재하지 않는다면 완전히 개화한 검화를 상대하기란 지난하기 그지없다.

그렇기에 청료는 단사천을 상대로 극한의 매화검을 펼쳐냈을 때는 이미 끝났다고 생각했고, 갑작스레 손아귀에 가해진 충격과 시야를 가득 메운 흑색의 선들에 정신을 차리지 못했다.

하지만 검격과 함께 뿜어져 나온 기세는 그를 배려하지 않았다. 기세에 뒤로 몇 발이나 물러선 것은 물론이고 약하게 내상까지 입었다.

그에 비해 단사천은 짧게 숨을 고르는 것이 전부이다. 겨우 일수의 교환으로 둘의 차이는 극명하게 갈리고 있었다.

"대단하군, 자네……."

흩어져 가는 검화에 넋을 놓고 있는 것도 잠시, 곧 정신을 차린 청료는 아직까지도 충격에 떨리는 손으로 검을 집어넣고 그렇게 말했다.

어조는 평탄했지만 눈은 떨리고 있어 그 속에 인 파문을 짐작할 수 있게 했다.

'못해도 수십 번은 검을 내쳤을 텐데 마지막 납검을 제외하면 하나도 보이지 않았다. 이 정도 무인을 눈앞에 두고 섬룡을 상대하기 전에 자신을 가늠해 볼 상대라고? 내 눈도 옹이구멍이었군.'

겨우 일수의 교환이지만 넘을 수 없는 간극이 놓인 것만 같았다. 섬룡에게 패한 때보다도 큰 충격이었다.

상대를 알아보지 못한 청료는 스스로의 안목에 실망하고 있었지만 그건 그가 모자라기 때문이 아니었다.

호체보신결의 진기부터가 겉으로는 두드러지지 않는 유하기 그지없는 기운인 데다가, 그 심도(深度)가 깊어짐에 따라 더더욱 침전하기에 경지를 파악하기 어렵게 하는 심법이었다.

거기에 영기를 받아들이면서 마치 자연의 그것처럼 변해 버린 호체보신결은 누구라도 정확한 깊이를 잴 수 있는 상태가 아니었다. 사실상 지금의 단사천을 겉모습만으로 정확히 잴 수 있는 사람은 없다고 봐도 좋았다.

"그렇지도 않습니다. 산화난영 대협의 검이야말로 대단했습니다."

아무렇지도 않게 검초를 전부 깨부순 상대가 그렇게 말하니 청료가 돌려줄 수 있는 것은 헛웃음이 전부였다.

"…뭐 그 소저가 말한 것도 납득이 가네. 이 정도로 차이가 나니 뭐라고 말도 못 하겠군."

"아니… 그건… 술에 취해서 한 말입니다. 정말 그런 게 아니고……."

"농일세, 농."

농담에 당황하는 모습에서는 방금 전 가로막는 것은 모조리 부숴 버릴 것처럼 뿜어져 나오던 사나운 기세를 떠올릴 수 없었다.

"마음 같아서는 이대로 술이라도 같이 하면서 무공에 대한 대화를 하고 싶지만 보는 눈이 너무 많군."

객잔 이삼 층에서 고개를 내밀어 보고 있는 사람들도 있었고 후원의 한 곳에서도 그들을 보고 있는 사람들이 있었다.

일수를 주고받았을 뿐이었지만 너무나 화려했다. 시선이 모이는 것도 당연했다.

특히나 부딪치기 전부터 뿌려댄 청료의 검기에 이끌린 사람들이 많았다. 그들의 시선은 비무가 끝나고 난 뒤에도 만발한 검화의 주인과 그것을 한순간에 깨버린 젊은 검객에게서 떠나지 않고 있었다.

'화산에 오를 테지.'

얼마 전 화산에 도착했다는 점창파의 문도들이 떠올랐다.

장로 한 명과 일성을 포함한 이대제자 넷, 단사천이 이런 시기 화음현에 올 만한 이유는 그것 정도였다.

"먼저 들어가겠네. 다음에는 웃는 낯으로 볼 수 있었으면 좋겠군."

"죄송했습니다."

그간 마인들의 습격에 대비한다고 화음현 전체를 순찰하느라 쌓인 피로를 풀기 위해 하루 정도 더 쉴 생각이었지만 조금 더 빨리 산을 오를 이유가 생겼다.

＊　　　　＊　　　　＊

화산파가 있는 연화봉에 도착한 것은 아직 정오도 되지 않은 시간이었다. 새벽닭이 울자마자 움직인 결과였다.

"따라오시지요. 안내하겠습니다."

안내하는 도사를 따라 움직이는 것은 단사천과 서이령, 무설과 현백기 넷뿐이었다. 곧 다시 내려갈 테니 호위들은 화산파 산문 앞에서 기다리고 있었다.

"그런데 구파일방이라고 하면 다 신선이나 고승들이 사는 곳이라고 생각했는데 그런 것만도 아니네요."

산문을 지나 펼쳐진 화산의 정경을 보며 무설이 의외라는 듯 말했다.

눈이 닿는 곳마다 활발히 움직이는 문도들의 모습은 그녀
가 상상하던 도사들의 수련이라기보다는 늘 봐온 패천방 무
사들의 수련과 크게 다를 바 없어 보인 탓이다.

그 말을 들은 안내자는 익숙하다는 듯 덤덤히 답했다.

"도사들도 사람이니까요."

화산파는 신체의 수련을 통해 선경(仙境)에 이르는 것을 기
본 사상으로 하는 도장(道場)이며 수련을 위한 도구로 검을 선
택했기에 검문(劍門)이다.

그렇기에 화산파는 천하제일의 험산에 자리한 청정도량이
라는 말이 무색하게도 곳곳에서 사람의 냄새가 물씬 풍기고
있었다.

"비슷하네."

그리고 그 모습은 단사천에게 너무나 익숙했다. 다름 아닌
지난 십 년간 매일같이 봐온 점창파의 모습과 비슷했다.

두 문파 사이에는 물리적인 거리만큼이나 큰 차이가 있었
지만 그럼에도 화산파의 풍경에서는 점창파를 연상시킬 만한
것이 많았다.

"다 왔습니다. 그럼 저는 이만 물러가겠습니다."

안내된 곳은 구파일방이라는 대문파의 이름에 어울리지 않
으면서도 도문이라는 정의에 걸맞은 모옥이었다.

"왔으면 들어와라."

안내역의 도사가 떠나는 것을 기다렸다는 듯 목소리가 안쪽에서 들려왔다. 세월이 느껴지는 묵직한 중저음, 잊을 수 없는 목소리였다.

"들어가세요. 저희는 밖에 있을 테니."

서이령과 무설이 뒤로 물러나며 말했다.

꺼익!

낡은 경첩이 맞물리는 소음과 함께 방 안의 정경이 비쳤다. 작은 탁상 앞에서 허리를 꼿꼿이 세운 무양자의 모습은 반년 전 산을 내려올 때 본 그것과 다르지 않았다.

여전히 나이에 맞지 않는 장난스러운 웃음이지만 경지가 높아짐에 따라 반년 전에는 볼 수 없던 무양자의 뒤에 있는 것들이 보였다.

자연스럽게 풍겨 나오는 온화한 기운에 가려진 날카롭기 그지없는 검기는 언제 어디에서라도 뽑힐 준비를 하고 있는 무광검도의 모습이었다.

"여전하구나. 하긴 겨우 반년 만이니 뭔가 바뀌는 것도 이상하겠다만."

"사부님."

무양자의 말마따나 겨우 반년이다. 배우고 겪은 것은 넘쳐 나지만 사람이 변하기에는 짧은 시간이었다. 다만 그렇다고 해도 10년간 마주한 얼굴을 반년 만에 다시 본다는 것은 묘한 감흥을 불러일으키는 일이었다.

"일단 앉아라. 할 이야기도 있으니."

탁상 하나를 사이에 두고 앉으니 반년 전 무양자가 단사천에게 개봉으로 갈 것을 강권하던 날로 돌아간 듯했다.

"소문은 많이 들었다. 네 성격에 고생이 많았겠어."

"지금도 고생하고 있습니다."

단사천의 솔직한 대답에 무양자가 킬킬거리며 가볍게 웃었다.

"정말 변한 거라고는 무공뿐이구나, 제자야."

"처음부터 이러지 않았습니까. 산을 내려왔다고 하루아침에 바뀌겠습니까."

"그런데 늘 평온한 삶이니 뭐니 하고 말하던 것치고는 시끄럽게 돌아다니더구나."

무양자의 시선이 단사천의 등 뒤로 향했다. 시선이 닿은 곳은 문이 닫히기 직전 잠깐 보인 서이령과 무설이 서 있던 곳이었다.

"본의 아니게……."

"그럴 거라고 생각했다. 네가 어디 제 발로 싸움터에 들어갈 성격은 아니니까. 어쩌다 휘말린 것이냐? 들리는 소문처럼 철화나 의봉에게 한눈에 반해 그런 건 아닐 테고."

무양자는 무언가를 기대하듯 눈을 빛냈지만 돌아온 것은

덤덤한 대답뿐이었다.

"전부 우연히 만났고 도망치지 못해 엮인 것뿐입니다."

"그래도 사지 멀쩡하고 별호도 얻고 무엇보다 미인들과 인연도 쌓았으니 좋은 일 아니더냐."

그렇게 말한 무양자는 한층 짙어진 웃음을 내보이며 단사천을 바라봤다.

단사천이 겪은 일은 많은 사람들이 바라 마지않을 것들이지만 단사천이라면 어떻게 생각하고 있을지 대충 짐작하는 무양자였다. 그 말은 어디까지나 놀림에 지나지 않았다.

아니나 다를까, 단사천은 숨길 기색도 없이 일그러진 얼굴을 그대로 드러내고 있었다.

"사부님까지 그러십니까."

"허허허, 반은 진담이었다만… 아무튼 몸은 좀 괜찮으냐? 듣기로는 상당한 내상이라 자당께서도 오셨다고 한 것 같은데."

떠오른 웃음을 지우고 날카로운 눈으로 단사천을 훑으며 말했다.

'호체보신결의 기운만이 아니라 다른 것이 섞여 있군. 하지만 내상의 기색은 보이지 않는 걸 보니 치료하는 과정에서 기운이 섞인 건가?'

자연스럽게 전신에 감도는 보신결의 진기는 물 흐르듯 막힘

없이 흐르고 있었다.

'거기에… 몸에 무슨 짓을 한 건지…….'

생사를 오가는 내상을 입었다고 들었는데 오히려 몸은 망가지기는커녕 한층 대단한 상태가 되어 있다.

매번 볼 때마다 늘 감탄하던 근골이지만 이제는 감탄을 넘어서 경악에 이르렀다.

몇 번이나 눈을 떴다 감으며 다시 보아도 변하지 않았다. 이미 반년 전부터 인간의 한계에 이른 신체라 생각했지만 이제는 상상의 한계마저 벗어나려 하고 있었다.

"예, 죽을 뻔했죠. 지금도 현재진행형입니다."

내쉬는 한숨이 무거웠다. 천심단을 완성하지 않는 한 언제고 문제가 되어도 이상할 것 없는 영기는 익숙해질 듯 익숙해지지 않았다.

새로운 속성의 영기를 받아들일 때마다 조금씩 신체 내부의 균형이 안정되어 가는 것을 느끼지만, 그래도 여전히 안전하다고 말할 수준은 아니었고 불안함도 그대로였다.

"하기야 마교도 놈들과 그리 얽혔으니 매일이 살얼음판이나 다름없겠구나."

다만 그 속을 알지 못하는 무양자는 마교를 입에 담았다.

무양자도 산을 내려와 화산파에 오기까지 객잔과 길거리에서 몇 번이나 제자의 이름을 들을 수 있었고, 그때마다 자랑스러우면서도 한편으로는 달갑지 않았다.

단사천의 무위가 후기지수 수준은 한참이나 넘어섰다는 걸 알고 있지만, 그래도 천하에서 가장 위험한 집단이라는 마교 같은 미치광이들의 이름과 함께 사람들 입에 오르내리니 걱정하지 않을 수가 없었다.

"그래, 마인들 이야기가 나왔으니 말인데… 마교도의 다음 목표로 화산파가 가장 유력한 건 알고 있느냐?"

"사부님이 부른 것만 아니었으면 화산 근처로는 오지도 않았을 겁니다."

진심이다. 현백기의 경고도 있었지만 오악의 네 곳이 습격을 당했다. 천하제일 소림이 있는 중악 숭산마저 그렇게 되었는데 화산이라고 예외일 리 없지 않은가.

언제가 되었건 마교도가 습격할 것이 분명한 곳에 오래 있고 싶은 마음 따위는 없었다.

무양자는 예상에서 전혀 벗어남이 없는 대답에 고개를 끄덕이며 말했다.

"그럴 거라고 생각했다. 아마 날 만나고 나면 바로 내려갈 생각으로 이런 이른 시간에 올라온 거겠지?"

"건강하신 것도 확인했으니 이만 내려가도 괜찮을까요?"

반색하는 표정의 단사천.

기다렸다는 듯 바로 대답하는 제자의 모습에 실소가 새어

나왔다. 일말의 농도 섞이지 않는 모습. 정말로 해가 지기 전에는 산을 내려가고 싶은 모습이다.

"그러라고 말하고 싶다만 너에게 가르쳐야 할 것들이 있구나. 내려가는 것은 그것들을 배우고 난 후로 해라."

"또 무슨……."

얼굴을 구기며 무어라 말하려는 단사천을 무시하고 말을 잇는다.

"네가 늘 그렇게 배우고 싶어 하던 경공이다. 장로회의에서 천원행(天原行)의 비급을 얻어내느라 고생이 많았다. 엄밀히 말하자면 경신법만이 아니라 보법도 포함하는 거지만… 네가 관심 있는 건 경공 쪽이겠지?"

무양자의 말대로다. 경공, 그리고 천원행의 두 단어를 듣자마자 단사천은 흥분을 감추지 못했다.

보법과 경신법 둘 모두를 아우르는 천원행은 유운신법이나 연형비운 같은 속가제자들이 익히는 그럭저럭 괜찮다고 평가받는 경공이 아니라 본산제자들에게나 허락되는 진산절기의 하나이다.

더군다나 이미 점창파의 진산무공 중 하나인 호체보신결을 전수한 상황에서 또 다른 진산무공, 그것도 천원행 정도 되는 무공의 전수를 허가할 것이라고는 생각하지 않았기에 단사천은 더욱 흥분하고 있었다.

"마침 험하기로 유명한 화산이다. 보법과 경공의 단련에는 이만한 곳도 없지."

하지만 흥분에 가득 찼던 단사천의 얼굴은 밝아진 것만큼이나 빠르게 어두워졌다.

"왜 그러느냐? 네가 늘 원하던 경공이다. 그것도 상당한 절기이다만?"

단사천은 무양자의 말에 대답하지 못하고 고개를 숙였다.

단사천이 몇 번이나 사건에 휘말리며 늘 마음속으로 떠올리는 것 중 하나가 '제대로 된 경공을 배우겠다'는 다짐이었다.

피할 수 있는 사건도 발이 느려 피하지 못했다. 천원행이 아니라 연형비운 정도만 되어도 감지덕지하며 익혔을 것이다.

더욱이 천원행 정도 되는 경공이라면 당장에라도 무양자를 닦달해 지체 없이 수련을 시작해야겠지만 겨우 하루 이틀로 완전히 익힐 수 있는 무공이 아니었다.

기초를 떼는 것만으로도 보름은 우습게 걸릴 것이고, 그렇게 며칠이고 화산에 머물고 있으면 마교의 습격에 휘말릴 가능성도 당연히 높아진다.

아무리 간절하게 원하던 경공이라지만 그러다 마교도를 만나면 본말전도가 아닌가.

"설마 그새 필요 없어졌느냐?"

"그건 아닙니다."

반사적으로 답하고 다시 고민에 잠겼다.

"끙, 혹시 비급은 없으십니까?"

짧은 고민 끝에 나온 말이었지만 말을 하고도 단사천 스스로 한숨을 내쉴 정도의 질문이었다.

보통 강호행을 하며 비급을 들고 다니는 일은 없었다. 구파의 절기 정도 되면 설령 소유자가 이름 높은 고수라고 해도 욕심에 눈먼 자들이 꼬이게 마련이다.

하물며 무양자가 천원행의 구결을 모르는 것도 아닌데 굳이 비급을 들고 올 필요가 없지 않은가.

하지만 무양자의 입에서 나온 말은 예상과 반대되는 것이었다.

"있다."

"예, 당연히… 있어요?!"

스스로가 생각해도 가능성이 없을 거라고 여겼기에 반응이 늦었다.

고개를 들어 무양자를 바라보니 입가에 장난스러운 웃음이 걸려 있다.

"한창 위험한 화산에서 익히기는 싫을 테고 나는 맹의 소집 때문에 내려갈 수 없으니 아무래도 필요하겠다 싶어서 하나 필사해 봤다."

"사부님!"

겉치레로 10년을 함께 살아온 것이 아니었다. 그 좁은 모옥에서 함께 보낸 시간을 생각하면 이 정도는 특별한 일도 아니었다.

"단… 그냥은 못 준다."

"뭘 하면 되죠?"

단사천의 대답은 즉각적이었다. 무양자로서도 처음 볼 정도로 몸이 달아 있다. 결국 무양자의 핀잔이 이어졌다.

"급하구나. 비급은 어디 도망가지 않는다, 이놈아."

"사부님 탓이겠죠. 그래서 뭘 해야 되는데요?"

"일단 밖으로 나오너라."

단사천이 무어라 더 말하려 했지만 이미 자리에서 일어나 문밖으로 나선 무양자였다. 단사천은 그 뒤를 놓칠세라 곧장 따라 나갔다.

"벌써 나왔어요? 어머!"

무양자를 따라 밖으로 나오니 기다리고 있는 무설과 서이령이 보인다.

사제지간에 반년 동안 쌓인 이야기가 한두 가지가 아닐 거라고 생각했던 무설은 순간 당황했다.

실수를 깨달은 무설과 서이령이 반응하기도 전에 무양자가 먼저 입을 열었다.

"따라온다면 좋은 구경을 시켜주겠네."

*　　　　*　　　　*

절벽 끄트머리에 외로이 자리한 정자에서 내려다보는 광경
은 무수한 사람들의 시선을 빼앗아왔다.

누구나가 극찬하고 화산 하면 가장 먼저 떠올리는 매화가
필 시기는 아니지만 그렇다고 해서 화산의 웅장함과 아름다
움이 사라지는 것은 아니었다.

오히려 이 시기이기에 볼 수 있는 화산의 절경은 매화가 만
발한 시기와는 또 다른 멋과 맛이 있었다.

다만 정자에 모인 사람들의 시선은 미려하게 펼쳐진 풍광
을 향하고 있지 않았다.

"비무, 꼭 해야 됩니까?"

"제자가 얼마나 컸는지 확인하는 데 비무만큼 정확한 것이
또 있더냐?"

툴툴거리는 단사천과 달리 웃음을 띠고 있는 무양자이다.

"어디 반년 동안 얼마나 컸는지 좀 보자."

채앵!

말이 끝남과 함께 금속성이 울려 퍼졌다. 허공에는 어느새
그어진 것인지 알 수 없는 검은 선 두 줄이 무양자와 단사천

사이의 중앙에 얽혀 있다.

"자, 잠깐! 사부!"

"반응은 나쁘지 않구나. 수련을 게을리 하지 않을 거라고는 생각했지만 생각보다 좋은 반응인데?"

단사천의 다급한 외침과 굳어진 얼굴을 무시하고 무양자는 만족스러운 웃음 속에 약간의 놀람을 섞으며 또다시 손을 움직였다.

'제기랄!'

입으로 내뱉다가는 반응이 늦는다. 그저 생각으로 사부를 향한 불만을 집어넣고 수천 조각으로 나뉜 찰나 속에서도 유유히 움직이는 그 손을 눈과 기감으로 좇았다.

'좌상……!'

반 수 정도 늦었지만 어디까지나 걷어내기만 할 뿐이라면 충분히 여유가 있었다.

검을 내뻗어 무양자보다는 그에게 가까운 거리에서 검을 맞대기 직전 손목을 튼다.

'내공이 부족해.'

반 이상의 내공이 아직도 미완성된 천심단에 묶여 있었다. 이 상태에서 저 검에 담긴 내공을 정면으로 받아낼 수는 없었다.

그렇기에 손목을 틀어 검날이 아니라 검면을 밀어내듯 부딪쳤음에도 검에 부딪친 충격이 손아귀를 강하게 뒤흔들었다.

튕겨 나갈 뻔한 검병을 다시 강하게 쥐고 납검, 검집으로 검을 되돌린다.

퀴이잉! 파앙!

검갑과 검이 맞물리는 것을 느끼고 극한까지 끌어올린 집중의 끈을 느슨하게 하자 멈춘 것 같던 세계에 폭음과 함께 검은 선이 새겨졌다.

다만 이 급박함은 오직 비무를 하고 있는 둘에게만 국한된 것이었다.

비무대 밖에서 그 모습을 구경하는 두 여인과 한 영물의 눈에는 가만히 서 있는 둘 사이에 갑자기 누군가 붓을 휘둘러 그은 것처럼 검은 선이 겹쳐 있을 뿐이었다.

"역시 아무것도 안 보이네요."

무설이 혀를 내둘렀다. 그녀도 나름 무공에 자신이 있었지만 아무리 안력을 집중하고 노려봐도 보이는 것이라고는 언제 나왔다가 들어간 것인지 알 수 없는 검의 납검 모습뿐이었다. 그나마 이제는 익숙해졌기에 놀라움은 없었지만 무양자의 얼굴은 그들과 달리 경악으로 가득해 있었다.

그 의미가 조금 다르긴 했지만.

"무음(無音)……?"

손에 느껴지는 충격과 귓가를 울리는 폭음에 무양자는 경악을 금치 못했다. 자신도 모르게 한마디 중얼거리고 나서야 정신을 수습한 무양자의 눈에서 기광이 번뜩였다.

"벌써 무음까지 왔느냐?"

무광검도에 입문하고 겨우 4년 6개월이다. 무양자가 반 갑자에 걸쳐 다듬은 경지에 단사천은 벌써 발을 디디고 있었다.

물론 길을 개척하며 산을 오른 무양자와 이미 닦인 길을 뒤따라 오른 단사천이었지만 그것을 감안해도 이 성장은 분명 무양자의 상상 이상이었다.

"예, 무음이라고 부르는지는 모르겠지만 무광검도 두 번째 단계까지 왔습니다. 확인하셨으면 이제 충분하지 않습니까?"

단사천은 그런 무양자의 놀람 따위는 아무래도 좋다는 듯 여전히 얼굴을 굳히며 거리를 벌리고 있었다. 다만 무양자는 이대로 끝낼 생각이 없었다.

"그럴 리가……."

무영의 수준으로 제한하고 있던 속도를 더욱 높였다. 내공이 눈에 보일 듯 뿜어져 나오기 시작했다.

키이이잉! 퍼엉!

몇 개의 흑선이 허공에서 겹쳐 터져 나갔다. 동시에 터져 나오는 폭음이지만 중앙 부근에서부터 조금씩 단사천 쪽으로 가까워지는 격검(格劍)의 흔적들이 누가 열세에 몰려 있는가를 여실히 보여주고 있었다.

"너 그 많던 내공은 다 어디에 팔아먹고 그러냐?"

천천히 검을 되돌린 무양자가 의아한 얼굴로 물었다. 느껴져야 할 반탄력이 너무 미약했고 충돌 직전 검을 비틀어 충격을 최소화하는 기술은 그가 알고 있는 단사천이 아니었다.

"말했잖습니까! 내상 입었다고!"

그러자 되돌아온 것은 신경질이 섞인 외침이었다. 그 말에 다시 단사천의 기를 살펴봤지만 아무리 봐도 내상의 징후는 찾을 수 없었다.

"내상?"

"예!"

"호체보신결 경지가 육심까지 이른 놈이 내상을 입어? 지금 농담하는 거냐?"

무양자는 당황함을 감추지 못하고 그렇게 말했다. 점창 역사에서도 정말 손에 꼽히는 수의 사람만이 닿았던 경지에 오른 단사천이 내상을 입을 거라고는 생각할 수 없었다.

호체보신결 오심의 성취로도 팔십 평생 그 흔한 토혈(吐血) 한 번 없이 살아온 무양자였기에 더욱 그랬다.

그러다 보니 방금 전 내상에 대해 듣기는 했지만 언제나 그렇듯 단사천의 엄살이라고 생각했다.

"의선 어르신 보장입니다. 의심 가시면 저기 있는 서 소저에게 물어보시든가요."

단사천의 손을 따라 무양자의 고개가 돌아갔다. 갑작스레 시선을 받게 된 서이령은 잠시 당황하더니 곧 긍정의 답을 꺼내놓았다.

"그 말대로입니다. 단 공자는 지금 상당한 내상 때문에 내공을 제대로 사용할 수 없는 상태입니다."

믿기는 힘들지만 거짓말은 아니었다. 의선문의 의원이 환자를 상대로 거짓말을 할 리가 없기 때문이다. 무양자의 얼굴이 굳었다.

"이런……."

무양자는 수염을 쓰다듬으며 침음을 내뱉었다. 제자의 상태를 알아보지 못한 건 물론이고 내상을 입은 녀석을 상대로 홍이 오를 뻔했다. 머리가 지끈거리는 것 같았다.

"끄응! 그래, 환자 붙잡고 뭘 하겠냐."

"비급은요?"

수염을 쓰다듬던 손을 멈추고 짜증을 담아 노려봤지만 이내 한숨을 길게 내쉬고 품속에 있는 비급을 내던졌다.

내공을 담아 비급을 던져 본래는 있을 수 없는 현란한 궤적을 그리게 한 것은 최후의 심술이었지만 아무렇지 않게 잡아내는 단사천의 모습을 보며 머리만 더 아파오는 것 같았다.

"구결과 형을 외우고 나면 곧장 파기하도록 해라. 다만, 뒤에 덧붙여 놓은 것은… 이런, 안 듣는군."

그래도 할 말은 해야 했기에 입을 열었건만 비급에 두 눈을 고정하고 침까지 흘릴 정도로 집중하고 있는 모습을 보니 그저 쓴웃음만 나올 뿐이다.

아무리 환자라지만 그래도 하늘같은 사부의 말에 집중하지 않는 제자에게 따끔한 지도는 필요할 것 같았다.

빡!

검집을 씌운 검이 단사천의 머리에 직격했다.

"악!"

단말마 비명과 함께 무너지는 제자의 모습을 보며 쓴웃음은 더욱 짙어졌다.

"어쩌다 이런 놈을 제자로 받았을까. 인석아, 사부가 말하고 있는데 제자라는 놈이 집중도 않고 무얼 하는 거냐?"

"…짐승도 아니고, 말로 하셔도 알아듣습니다."

"한 대 더 맞을 테냐?"

"환자를 상대로 폭력 행사라니……."

따악!

결국 한 번 더 검집을 휘둘렀지만 이번에는 긴장을 풀지 않고 있던 단사천의 검집에 막혔다.

"어쭈? 막아?"

"폭력 반대입니다."

순간 단사천이 환자라는 사실을 잊고 비무를 재개할까 고민한 무양자였지만 결국 검집을 허리춤으로 되돌리고 한숨을 내쉬는 것으로 차오르는 번뇌를 가라앉혔다.

"어째 네 녀석이랑 있으면 내 수양이 의미가 없는 것 같구나."

"그럼 이만 내려가도 괜찮을까요?"

"하아……!"

기다렸다는 듯 답하는 그 모습에 무양자는 다시 한 번 한숨을 내쉴 수밖에 없었다.

四. 건야

무양자의 몸이 느릿하게 움직인다.

도포 자락이 가볍게 흔들리는 것이 전부인 움직임이다. 얼핏 보면 가만히 서 있다고 착각할 정도로 정적인 움직임.

그러면서도 내딛는 걸음 간의 거리는 상당했다. 한 걸음 내디딜 때마다 땅 위를 미끄러지듯 스치며 움직인다. 내공의 힘이었고, 그것을 이끌어내는 상승 무공의 모습이었다.

쿠웅!

힘이 실린 것 같지 않은 움직임이었지만 내딛는 걸음에 실린 경력은 가볍지 않았다. 단단히 다져진 땅에 깊은 족적이 남는다.

이윽고 무양자가 걸음을 멈췄을 때 총 열세 개의 흔적이 남았다. 천원행의 길이었다.

"제대로 봤느냐? 그럼 다시 따라 해봐라."

"예."

단사천이 굳은 얼굴로 답하며 천천히 발을 옮기기 시작했다. 한 걸음 한 걸음 느리지만 확실하게 무양자가 보인 모습을 따르고 있었다.

무광검도의 수련을 목검에서 진검으로 바꿔 시작했을 때와 비견되는 집중력이었다. 한순간도 놓치지 않겠다는 의지가 엿보였다.

무양자도 눈을 빛내며 그 모습을 보고 있었다. 형이 무너지거나 기가 흐트러지려는 것이 보이면 곧장 지적과 조언을 더한다.

'그건 그렇고, 벌써 무음인가.'

모옥 앞 공터에서 자신이 남긴 족흔을 따라 몸을 움직이는 제자의 모습을 보며 그는 생각에 잠겼다.

가장 먼저 떠오른 것은 무공이다. 길지 않은 비무였지만 반년 전보다 확연히 성장한 무위를 확인할 수 있었다.

'아무리 빨라도 5년은 필요하다고 생각했건만······.'

빠르다. 나쁘지 않은 정도가 아니라 대단했다. 자질과 투자,

노력 무엇 하나 부족함 없는 단사천이었지만 그래도 예상한 것 이상의 성장 속도였다.

'그리고 그게 전부가 아니란 말이지.'

성장 속도만이 아니라 검에서 읽을 수 있는 경험의 농도가 달라져 있었다. 꽤나 치열한 전장을 헤쳐 나온 경험이 그대로 검에 묻어나오고 있었다.

'어느새 그만큼이나……. 세월이 빠른 건지 녀석이 빠른 건 지.'

제자의 성장이 새삼스레 마음에 와 닿았다. 일성이 몇 번이 나 말한 것처럼 괄목상대(刮目相對)란 네 글자가 떠올랐다.

기껏해야 반년이건만 그 잠깐 눈을 돌린 사이 제자는 이렇 게나 성장해 있었고, 지금도 성장하고 있었다.

"거기는 그게 아니다. 거기서는 반 족장(足掌) 덜 움직이고 중심은 조금 아래에 두어라."

"이렇게요?"

"그래. 네 간격을 살리고 반격하기 위해서는 그 정도로 움 직이는 것이 좋아. 사람마다 신체는 제각각인 법. 핵심이 되 는 구결과 내공의 흐름을 놓치지 않았다면 꼭 비급에 나온 형 식에 얽매어 진퇴를 맞춰갈 필요는 없다."

당장 지금도 그렇다. 약간 흔들리는 것 같던 자세가 금세 고 요함을 되찾았다. 짧은 조언에 맞춰 곧장 형을 수정한 것이다.

천원행(天原行).

하늘의 중심을 향한다는 거창한 이름만큼이나 난해한 신법이다.

호체보신결이 지난한 성취로 악명이 높다면, 천원행은 구결의 난해함과 내공 운영의 섬세함으로 악명 높은 상승 무공이다. 아니, 기실 진산절기라는 상승 무공은 모두가 그렇다.

평생에 걸쳐 익히고 일생에 걸쳐 다듬어야 하는 것임에도 제자는 마치 솜이 물을 빨아들이듯 무서운 속도로 천원행을 소화해 내고 있었다.

비록 단사천과 천원행 양자를 깊게 이해하고 있는 일대의 고수인 무양자의 조언이 함께한다고 하나, 실제로 형을 연습하기 시작한 지 겨우 한 시진 남짓 지났다. 어설프게 형을 따라 하는 것도 어려운 시간이건만 열세 걸음의 형을 한 번씩 되짚어 나갈 때마다 기의 흐름이 부드러워지고 움직임이 세련되어져 가니 이젠 몇 년에 걸쳐 숙달해 온 것처럼 보일 지경이다.

괄목상대의 고사가 무색할 정도이다. 눈을 돌리지 않아도 성장이 보인다. 이제는 비 온 뒤 대나무에 빗대어야 할 정도이다.

"음……."

감탄을 삼키는 무양자의 침음.

하지만 단사천은 눈치채지 못했다.

그저 두 눈을 빛내며 기가 이끄는 길로 몸을 따라 움직이는 데 집중하고 있을 뿐이었다.

"훗."

그러다 문득 웃음이 새어 나왔다.

'제자의 성장을 걱정해? 무엇 하러?'

그의 제자가 무공이 좀 높아졌다고 남을 업신여기거나 천방지축 날뛸 성정이었던가?

호승심과 승부욕을 주체 못해 일을 벌이고 다닐 인종이었나, 아니면 무공으로 사리사욕을 채우며 남에게 피해를 주는 것도 마다않을 자였나? 그도 아니라면 노력을 방기하고 흥청망청 놀기 바쁜 한량인가?

모두 아니었다.

소극적인 보신주의자이며 지독한 노력가였고 도사보다 더 도사 같은 삶의 주인공이었다.

지금도 땀을 흘리고 있는 제자의 모습이 보인다. 무양자의 얼굴이 풀어졌다. 고민 하나를 떨쳐 내고 나니 그 자리에 또 하나 궁금한 것이 떠올랐다.

"제자야."

"어디 틀어졌습니까?"

"그런 것보다 그 두 아이 중에 마음에 담고 있는 아이는 있느냐?"

"……!"

단사천의 발이 크게 어긋나며 균형이 무너졌다. 발을 길게 내뻗어 간신히 균형을 되찾기는 했지만 이미 천원행의 투로에서는 크게 벗어나 있었다.

뜬금없는 소리에 당황해 귀중한 수련 시간을 방해받은 단사천은 한껏 짜증을 드러낸 얼굴로 무양자를 돌아보았다.

"갑자기 또 무슨 소리십니까?"

하지만 그런 단사천을 바라보는 무양자는 도사 같지 않은 얼굴을 하고 계속해서 말을 이어갔다.

"철화 그 아이는 성격이 있어 보여 네가 마음에 들어 할 것 같지는 않다만… 역시 의봉이더냐? 참하기도 하고 본인도 의원이고 하니 네가 딱 좋아할 것 같은데."

"그런 거 아닙니다."

"그런 게 아니라니, 주위 소문을 듣기는 하는 게냐?"

수련을 다시 시작하려던 단사천의 발이 기어코 멈췄다. 시간이 없다고 생각해 조금이라도 더 많은 것을 배우려 했건만 아무래도 사부는 그와 생각이 다른 모양이다.

"소문이라니요?"

"천문단가의 자제가 하산하면서 신붓감을 찾기 위해 강호 유람을 하고 있다는 소문 말이다."

"그건 또 무슨 말도 안 되는……."

얼굴이 자연스레 굳었다. 신부 탐색? 강호 유람? 그가 겪고 있는 것은 그런 평온한 일상과는 거리가 멀어도 너무 멀었다.

몸 안에 통제할 수 없는 기운이 있다는 것부터 꺼림칙한데다가 마인들과 언제 어떻게 싸우게 될지 모른다.

어떻게 봐도 강호 유람이라는 평화로운 단어와는 거리가 먼 상황이지만 그건 직접적으로 단사천과 관계가 있는 사람들만이 알 수 있는 것이었다.

"말이 안 될 것도 없지, 어차피 너도 집안의 대를 이어야 할 것 아니냐?"

"단순한 동행입니다. 거기에 서 소저는 단순히 의원으로……."

"단순한 동행? 하아!"

한심함을 감추지 않고 제자의 변명을 듣고 있던 무양자는 결국 중간을 잘라내어 한숨을 내쉬었다.

유학의 가르침에서 비교적 자유로운 무가의 여식이라고는 하지만 여자이다. 남자와 동행한 시간이 길어지면 길어질수록 여자에게는 짐이 될 수밖에 없었다.

그럼에도 옆에 있는 이유는 조금만 생각하면 알 수 있는 것이었지만.

"그런 것보다 자세나 좀 봐주시죠."

저 진지하고 단호하며 동시에 답답한 얼굴을 보니 제자의 심중에 굳건하게 자리한 우선순위는 바뀔 것 같지 않았다.

*   *   *

석양의 붉은 빛에 물든 화산의 풍경은 한 폭의 그림과 같았지만 그 중간에 자색 옷을 입은 무리가 섞여 있었다.

초가을 화산의 생기가 그곳만 도려낸 것 같은 느낌이 들 정도로 진한 마기를 두른 괴인들이다.

이 정도라면 십 리 밖에서도 그 존재를 알 수 있을 정도의 짙고 질척한 마기였지만 어찌된 일인지 화산에 모인 무림맹의 무인 중 누구도 알아차리지 못하고 있었다.

"아침에 산에 오른 무리가 내려가는 것을 확인했습니다."

숲을 가로질러 나타난 마인이 무리 중앙에 있는 흑의인을 향해 부복하며 보고했다. 마인의 보고를 받는 사내는 창백한 시체 같은 피부에 대비되는 짙은 흑색의 옷을 입고 있었다.

"정체는?"

"패천방과 의선문의 무인들입니다. 발각의 위험이 있어 거리를 유지한 탓에 전체를 확인하지는 못했습니다만, 회에서 파악한 바에 따르면 동흥왕과 청의검협이 확실한 것으로 생각됩니다."

청의검협의 이름이 나온 순간 흑의인의 마기가 급격하게 부풀어 올랐다. 제멋대로 일렁이는 마기가 사방을 잠식해 들어가기 시작했다.

우지직!

등을 기대고 있던 나무가 뿜어져 나온 마기의 압력을 이기지 못하고 비명을 지르기 시작했고, 발밑의 풀이 말라비틀어지고 땅이 검게 죽었다.

사기(死氣)가 뒤섞인 마기였다.

"사도님!"

요동치던 마기가 마치 보이지 않는 벽에 닿은 듯 일그러지자 마인의 입에서 다급한 음성이 터져 나왔다. 그들의 마기를 숨겨주고 있는 진법이 비명을 지르고 있었다.

여기서 진법이 망가진다면 계획에 큰 차질이 생긴다. 다행히 다급한 경고에 흑의인이 정신을 차린 듯 눈을 크게 뜨더니 깊게 숨을 들이쉬었다.

"후……!"

뭉클뭉클 뿜어져 나오던 마기가 호흡에 따라 흑의인의 몸속으로 사라져 갔다. 맹렬히 날뛰던 마기와 감정은 잠잠해졌지만 흑의인의 눈에는 감출 수 없는 동요가 남아 있었다.

"…역시 그놈이었나. 영지를 노리고 왔는가? 아니, 그렇다면 왜 내려간 거지? 그놈들이 올라온 이유는 알아보았나?"

흑의인의 질문에 마인은 고개를 저었다.

"청의검협의 경우 사부인 무양자와 만났다는 것은 알 수 있었습니다만… 그 외에는 알 수 없었습니다. 다만 화음현 내에서 그들이 묵고 있던 객잔에 세작을 심어두었으니 이후 동흥왕과 청의검협이 움직인다면 곧장 알 수 있을 겁니다."

흑의인은 입술을 짓씹으며 고개를 끄덕였다.

"그래, 일단 그놈들이 움직이면 바로 알 수 있도록 예의 주시하고 있어라. 파군(破君)을 상대하면서 동흥왕과 그 괴물을 동시에 상대할 수는 없으니까."

"예!"

단사천이 화산에 오른 것은 단순히 사부와 만나기 위해서였을지도 몰랐다. 그게 왜 하필이면 지금이었는지는 모르겠지만 중요한 건 그것이 아니었다.

벌써 세 번이나 회의 계획을 물거품으로 만들어 버린 단사천이기에 신경이 쓰인 것뿐, 위험 분자가 제 발로 화산에서 내려간 것이 확실하다면 그걸로 좋았다.

화산의 주인, 태산을 지키던 금의위나 숭산에서 버티고 있는 소림사보다도 더 위험한 존재가 겨우 산봉우리 하나 너머에 있었다.

"진행 상황을 보고하라."

옆에 서 있던 또 다른 마인이 고개를 조아리며 답했다.

"진과 법구의 준비는 끝났습니다. 남은 것은 만월을 기다려 발동하는 것뿐입니다."

"제물 조달을 들키지는 않았겠지?"

가늘게 뜬 흑의인의 눈이 마인의 뒤로 향했다.

남녀노소, 공통점이라고는 없는 사람들이 아무렇게나 쓰러져 있는 모습이 보였다. 대략 백은 될 숫자였다.

이만큼의 숫자가 사라진다면 관은 물론이고 화산에서도 의심할 숫자였지만 마인의 대답에는 망설임이 없었다.

"제물은 섬서성 전역에서 모았습니다. 또한 고아들과 부랑자 위주로 모아 뒤를 밟힐 걱정은 없습니다."

자신감으로 가득한 수하의 대답에 흑의인이 조용히 중얼거렸다.

"앞으로 칠 일인가."

검게 물든 두 눈에서 먹물이 번지듯 마기가 흘러넘치고 시체같이 창백한 얼굴에 웃음이 걸렸다.

五 . 장삼

"도련님!"

밤이 다 되어서야 숙소로 돌아온 단사천 일행을 맞이한 것은 고요한 밤거리를 뒤흔드는 외침이었다.

외침의 주인은 곧장 그들을 향해 달려왔다. 그리 늦은 시간이 아니었음에도 불을 밝힌 점포가 적어 어둡기 그지없는 밤거리였지만 안력을 돋우자 흐릿한 상대의 상이 점점 선명해졌다.

"장 노대?"

단사천보다 머리 하나 반은 더 큰 칠 척 장신 거구의 얼굴은 낯익은 자의 것이었다.

본가에 있던 시절, 그의 곁에서 하인 겸 호위로 일하던 가솔 중 한 명이다. 사내는 앞을 가로막으려는 호위들을 가볍게 제치고는 단사천 바로 앞에 멈춰 섰다.

한눈에 봐도 알 수 있는 상승 무공과 절묘한 내공의 운용이었다.

"예, 장삼입니다! 기억해 주시는군요! 그 어리던 도련님이 어느새 이렇게 장성하셔서……."

나이를 짐작케 하는 주름이 있기는 하지만 짙고 굵은 이목구미에 덥수룩하게 자라난 수염까지 어디 녹림의 산채 하나를 맡고 있는 산적, 혹은 악명 높은 마두 정도는 될 것 같은 장년인이었다.

그 장년인은 단사천의 손을 덥석 잡더니 부리부리한 눈에 눈물을 보이기 시작했다.

옆에서 그 모습을 지켜보던 서이령과 무설은 물론이고 무사들까지도 벙찐 얼굴로 장삼이라 불린 사내를 바라보고 있다. 제대로 반응한 것은 단사천 혼자였다.

"그런데 장 노대가 여기까지 웬 일로 온 거예요? 무슨 일이라도 있어요?"

10년 만에 만났다고는 하지만 10년 전에는 매일같이 보던 사이다. 더욱이 10년 전과 변함이 없는 얼굴이었기에 대함에 불편함은 없었다.

장삼은 단사천의 말에 눈가를 거칠게 닦고는 아직 여운이 남은 눈으로 입을 열었다.

"그건 아닙니다. 마님께서 도련님께 서찰을 전하라 하셔서 왔습니다."

장삼이 품속에서 꺼낸 서신을 받아 들며 단사천이 반문했다.

"어머니께서?"

"예, 읽어보시지요."

어떻게 알고 보냈는지 같은 의문은 필요 없었다. 그의 모친은 공공연히 단가의 진짜 주인이라는 소리를 들을 정도의 여걸이었고, 단가의 힘을 사용한다면 정체와 행적을 숨기는 것도 아닌 그를 쫓는 정도는 어려울 것이 없었다.

서신을 감싼 종이를 뜯으려는 찰나 무설이 끼어들었다.

"이렇게 있는 것보다는 일단 안으로 들어가시죠."

"이런, 죄송합니다."

아직 뜯지 않은 서신을 품에 갈무리한 채 객잔을 향해 발을 옮겼다. 장삼은 곧바로 단사천의 뒤로 달라붙었는데 언제든 움직일 수 있게 적당한 거리를 유지하는 모습이 익숙해 보였다.

"단 공자, 저분은 누구예요? 꽤 고수인 것 같은데……."

옆에 달라붙어 작은 소리로 말하는 무설이다. 단사천은 혹 풍겨오는 살 내음에 무양자의 말이 떠올라 잠시 멈칫했지만 곧 입을 열어 답했다.

"외할아버님 밑에 계시는 분인데 예전부터 이래저래 신세를 지고 있는 분입니다."

젊을 적에는 무림행을 하며 나름 유명하기도 했다지만, 그가 태어나기도 전의 일이어서 제대로 알지는 못했다.

"그래요?"

슬쩍 뒤돌아본 무설은 장삼을 보며 언젠가 들어본 적이 있는 것 같은 그의 특징적인 얼굴을 보다 관심을 끄곤 발길을 서둘렀다.

막 장사를 접으려는 참인 것 같은 객잔에 도착해 간단한 요깃거리를 주문한 뒤에야 단사천은 서신을 읽기 시작했다.

부드럽고 미려한 필치, 익숙한 습관이 묻어나오는 글씨는 모친인 허씨부인의 것이었다.

항산에서 헤어지고 나서도 고생이 많았다 들었다. 태산과 천주에서도 사교(邪敎)의 무리와 엮였다니 이 어미는 걱정을 금할 수가 없구나.

하여 아버님 밑의 무인 몇을 보내기로 하였다. 무인들의 동행에 대해서는 황실의 허가를 받았으니 왕야에 대한 것은 걱정하지 않아도 된다. 일단 길이 엇갈릴까 저어돼 장삼을 먼저 보낸다. 서신을 받았다면 그곳에서 기다리도록 하여라.

그리고 점창파에도 연락을 넣어 네 스승이신 무양 진인께 도움을 받기로 하였으니 일이 없다면 화산에서 합류할 수 있을 것이다.

덧붙여 복건에서 상당히 많은 표사들을 고용했다고 들었다. 아무래도 그때 보태준 것으로는 여비가 부족할 듯하니 장삼 편에 백금전장의 금원보와 은자 얼마간을 보낸다. 이후 부족하다면 네 아버지의 이름으로 인근 전장에서 돈을 융통하도록 해라.

그럼 이것으로 줄이마. 부디 몸조심하여라.

서신의 내용은 그것으로 끝이었다. 서신을 다 읽자 장삼이 등에 짊어지고 있던 짐 속에서 작은 상자 하나를 꺼냈다. 안에 들어 있는 것이 모친이 말한 여비인 것은 확인할 필요도 없었다.

"앞으로 제가 도련님을 모실 겁니다. 그리고 어르신의 호위대가 합류할 예정이니 이제 걱정하지 않으셔도 됩니다. 마교 놈들 쯤이야 저희가 다 박살을 내놓겠습니다."

주먹을 쥐어 보이며 씨익 웃는 장삼의 모습은 담이 약한 자라면 다리의 힘이 풀릴 정도로 흉악했지만 그만큼이나 믿음직스러운 모습이기도 했다.

"든든하네요."

"암요. 저만 믿으시면 됩니다."

마주 웃는 단사천의 모습.

사부인 무양자나 모친인 허씨를 만날 때와는 또 다른 편안한 모습이다.

다른 자리에서 그를 바라보던 무설이나 서이령은 처음 보는 얼굴이었다.

"…그런데 서 소저, 혹시 장삼이라는 무인에 대해서 들은 거 있어요?"

새삼스러운 눈으로 단사천을 바라보던 무설은 시선을 거두고 계속 떠오르던 의문을 꺼냈다. 아무래도 어디선가 들어본 적이 있는 것 같은 특징적인 모습이었다.

장삼이라는 이름이 길거리에서 부르면 몇 명은 돌아볼 정도로 너무 흔한 것이었기에 잘 기억은 나지 않지만 어쩐지 부친에게서 들어본 적이 있는 것도 같았다.

"글쎄요. 딱히 들은 것은 없는 것 같습니다."

"그래요?"

강북에서 주로 활동하는 서이령이 들은 바가 없다면 확실히 강남무림에서 주로 활동하던 사람일 텐데, 복건성을 앞마당으로 활동하는 무설 그녀도 기억해 내지 못하고 있었다.

'한 세대 전에 활동한 사람인가?'

조금 더 알아보기는 해야겠지만 강남을 중심으로 활동한 전대 무인이라는 예상은 틀리지 않을 것 같았다.

고민은 거기까지였다. 급하게 해결해야 하는 궁금증도 아니었다.

'나중에라도 물어보면 되겠지.'

지금은 저기서 편하게 대화하고 있는 단사천을 구경하는 것으로 만족하기로 했다.

*   *   *

어슴푸레한 새벽, 객잔 후원에 단사천이 서 있었다.

지난밤 장삼과의 예상치 못한 재회로 조금 늦게 잠들기는 했지만, 일어나는 시간은 오히려 조금 더 빨랐다. 해가 떠오르기 전 충만한 지기(地氣)를 받아들이고 천원행의 수행하기 위해서였다.

비급의 도해(圖解)와 기억 속 무양자의 모습을 떠올리며 기운이 이끄는 길을 따라 발을 옮겼다.

비록 땅을 스치듯 움직이던 무양자의 모습과는 상당히 달랐지만 수련을 시작하고 겨우 하루밖에 되지 않았다고는 생각할 수 없을 만큼 자연스러웠다.

정원석을 밟고 뛰어오른다. 가벼운 몸짓과 달리 일 장이나 되는 거리를 날 듯 가로지르자 바람이 매섭게 몸에 부딪쳤다.

파라락!

빠르게 움직이는 신형과 도포 자락 휘날리는 소리는 경쾌했지만 정작 단사천이 얼굴은 만족스럽지 않았다.

'집중이 안 돼.'

겨우 열세 걸음을 걷는 동안에도 집중을 유지하지 못했다. 천원행의 묘리에 따른 십삼보(十三步)가 평범한 걸음은 아니겠지만 그래도 긴 시간은 아니다. 그럼에도 집중할 수가 없었다.

'네 번이나 자세가 어긋나고 중간에는 구결도 헷갈렸고……'

보보(步步)마다 이어져야 할 현묘함이 상념에 끊기고 각 동작 사이에 끼어든 잡념이 어설픔을 낳았다. 잡념을 떨쳐내기 위해 고개를 세차게 흔들고 다시 처음부터 발을 놀리지만 여전히 집중이 되지 않고 흐트러지는 동작은 늘어나기만 할 뿐이었다.

"후……"

결국 수련을 시작하고 반 시진도 못 되어서 발을 멈췄다. 몸이 열기로 후끈거리기는 했지만 땀도 나지 않았다. 움직임과 구결에 제대로 집중하지 못한 증거였다.

이게 전부 무양자의 탓이었다. 아무리 수련에 집중하려 해도 불쑥불쑥 떠오르는 무양자의 말을 잊을 수가 없었다.

움직임을 멈추자 상념은 더욱 진해졌다. 이른 아침, 내공심법의 수련보다 천원행의 보행을 다듬으려던 것은 새로운 무공에 적응하기 위한 것도 있었지만 몸을 움직여 다른 생각이 나지 않게 하기 위함도 있었다.

결국 헛된 발버둥이었지만.

'아니… 생각을 하기는 해야지.'

생각을 정리하기 위해 그대로 주저앉으려다가 그렇지 않아도 음기가 강한 몸인데 찬 바닥에 앉기는 뭐해 아직 준비로 부산스러운 객잔에 들어와 앉았다.

중앙에서 타오르는 화로의 불길에 시선을 고정하고 머릿속에 떠다니는 생각을 정리하기 시작했지만 피해갈 수 없다는 걸 인정하고 받아들이려 해도 답은 나오지 않고 머리가 아플 뿐이었다.

열 살, 남녀의 일을 알기 전에 산에 올랐고, 산중에서 10년을 오직 수련에만 힘쓰며 살아왔다. 만난 사람이라고는 무양자와 가끔 무양자의 거처를 찾아오는 청자배, 무자배의 도사들뿐.

그런 상황에서 생전 처음 고민하게 된 남녀 간의 일이다. 고민해 봐야 답이 나올 리가 없었다. 그리고 단사천은 답이 나오지 않는 문제를 붙잡고 있는 성격이 아니었다.

"부르셨습니까?"

손을 들자 한쪽에서 탁자를 닦고 있던 점소이가 쪼르르 달려왔다.

"만두 두 판, 양육탕, 삼사고어, 죽이랑 구채초육사도 하나씩. 간은 최소한으로, 향채도 적게."

이른 아침부터 간단한 요깃거리가 아니라 상당한 양이었기에 당황한 점소이였지만 탁자 위로 올라온 동전 몇 문에 당황함을 지우고 웃음으로 답했다.

"옙!"

빠른 걸음으로 주방을 향한 점소이에게서 시선을 떼고 챙겨온 작은 사기병에서 환 하나를 꺼내 입에 털어 넣었다. 혀에 닿자마자 강렬한 약재의 향과 복잡한 쓴맛이 풀려 나왔다.

의선이 만들어준 약방문에 따라 만든 양기 보충용의 환은 약효만큼은 확실하지만 그에 비례하는 맛을 선사했다. 내성이 없는 사람이라면 작은 조각을 입에 넣은 것만으로도 잠시 미각이 마비될 정도의 쓴맛이지만 오히려 그렇기에 지금처럼 생각이 많아질 것 같을 때는 더 좋았다.

'음, 이번엔 하수오 비율이 좀 높고 삼지구엽초는 좀 선도가 떨어지는 것 같은데… 약방을 다른 곳을 알아봐야 하나? 나머지는 크게 두드러지는 건 없네.'

혀에 느껴지는 복잡 미묘한 쓴맛을 통해 약재를 감별했다. 이제는 취미가 되어버린 약재 감별을 하고 있으니 오히려 무공 수련을 할 때보다 정신을 정리하는 데 더 도움이 되는 것 같았다.

실제로도 약재에 집중하다 보니 머릿속을 가득 메우고 있던 잡념도 꽤나 사라졌다. 오가피차로 입가심을 하고 식사를 기다리고 있으니 이 층에서 내려오는 발소리가 들렸다.

"잘 주무셨습니까, 도련님? 여전히 일찍 일어나시는군요."

장삼은 자연스럽게 단사천의 옆자리에 버티고 섰다. 객잔 전체가 한눈에 들어오는 자리이면서도 단사천을 가리는 자리로 경험이 많은 호위다운 모습이다.

"그러지 말고 앉으세요."

"괜찮습니다. 다른 호위들도 없는데 저까지 쉬면 누가 호위를 서겠습니까."

몇 번 더 권해보지만 강고한 거절의 답만 돌아왔다. 결국 포기하고 요리를 기다리고 있으니 이 층에서 다시 인기척이 느껴졌다.

"오늘은 좀 빠르네요?"

이 층에서 내려오자마자 자연스럽게 양옆 자리를 확보하는 무설과 서이령. 두 사람의 얼굴을 보니 기껏 지워 없앤 상념이 떠올라 머리를 아프게 만들었다.

"얼굴색이 그다지 좋지 않은데, 어디 불편한 곳이라도 있으신가요?"

"아니, 그건 아니고, 지금 막 환약을 먹어서 냄새가 날 것 같아……."

"그걸 누가 만든다고 생각하십니까?"

서이령은 단박에 어이없는 표정을 지어 보였다.

"…그건 그렇다 치고, 단 공자의 사부님 말고도 합류한다는 사람들이 있다고 했는데 언제까지 있어야 하는 건가요?"

무설도 뭔가 이상하다는 얼굴이었지만 바로 궁금한 이야기를 꺼내 들었다.

어제는 재회를 방해하지 않기 위해 빠져 있었지만 앞으로의 행동에 영향을 줄 요소는 빠르게 짚고 넘어갈 생각이다.

"마지막으로 연락을 주고받았을 때가 산서 태원(太原)이었으니 길어야 이삼 일이면 도착할 겁니다."

무설의 물음에 장삼이 답했다. 이래저래 험하게 생긴 얼굴을 많이 보며 자란 그녀이지만 장삼의 얼굴은 그중에서도 특출한 무언가가 있었다. 무설은 잠시 동요하다 겨우 입을 열었다.

"…태원이요? 조금 거리가 있지 않나요?"

산서성 태원에서 섬서성 화음현 사이의 거리는 천 리가 넘는다. 고작해야 이삼 일로 주파할 수 있는 거리가 아니었다. 무설의 말은 당연했지만 장삼의 얼굴은 여전히 자신감으로 가득했다.

"걱정하지 않으셔도 됩니다. 허가장 용위단(龍衛團) 녀석들이라면 내일 중에 도착해도 이상할 게 없습니다."

자부심 가득한 장삼의 얼굴을 보던 무설은 그저 어정쩡한 웃음으로 얼버무릴 수밖에 없었다. 더 무어라 말하기에는 상대를 무시하는 말이 될 것 같았다.

어차피 무양자도 언제 합류할 수 있을지 알 수 없었다. 며칠 정도는 더 기다려야 했으니 그 부분에 대한 신경은 쓸 필요가 없었다.

"노선배님, 혹시 용위단이라면 절강에서 왜적을 몇 번이나 격퇴한 그 용위단인가요?"

그리고 용위단이 그녀가 생각한 것이라면 며칠 기다릴 가치는 충분했다. 다만 되돌아온 장삼의 반응과 대답이 너무나 예상외였다.

"노선배라니요? 말 편하게 하셔도 괜찮습니다. 앞으로 단가의 안주인이 되실 텐데……."

"예? 그게 무슨……?"

생각지도 못한 단어의 등장으로 당황한 무설을 향해 장삼도 마주 의문을 표했다. 자신이 한 말에 무언가 잘못이 있다고 생각하지 못하는 얼굴이다.

"그런 거 아니에요, 장 노대."

무설과 장삼이 당황해 멈춰 있을 때 단사천의 입이 열렸다.

"주인마님께 듣기로는 두 분 소저께서는 신붓……."

"설마요, 아닙니다."

무공만큼이나 단호하게 잘라낸 단사천의 말에 무설의 눈이 샐쭉해졌지만 깊게 허리를 숙이는 장삼에 의해 무어라 할 새도 없이 곧바로 풀려 버렸다.

"이거 소저께 실례를 끼쳤습니다."

"아뇨, 아니에요."

아무리 적게 잡아도 아버지뻘은 될 연배의 어른이 고개를 숙인 것에 당황해 손사래를 쳤다.

재차 길게 읍하는 장삼과 여전히 손을 흔드는 무설을 보며 단사천은 다시금 머리가 아파오는 것을 느끼며 식사에 집중하기로 했다.

*　　　　*　　　　*

늦은 밤.

보통이라면 충분한 수면을 위해 잠들고도 남았을 시간이지만 화산을 내려오고 나서 단사천의 밤은 조금 더 길어졌다. 어제는 장삼과의 해후 때문이고 오늘은 천원행의 비급 때문이었다.

팔락.

등불 아래에서 천원행의 비급을 넘겨보았다.

종이에 그려진 동작과, 그 밑에 적힌 구결마다 자세하고 상세한 설명이 붙어 있다. 이야기책에 나오듯 비급을 얻고 그것을 수련해 고수가 된다는 것은 어불성설이지만 무양자가 바로 옆에 붙어서 설명하는 것 같은 이 비급을 보고 있으면 얼마든지 그런 통념도 깨버릴 수 있을 것만 같았다.

'…그러고 보면 뒤에 뭔가 더 있었지.'

천원행의 구결과 도해가 끝나고도 얼마간의 책장이 남아 있다. 천원행의 분량과 비슷할 정도로 두꺼운 수준.

'무광백련검기(無光百鍊劍氣)?'

세필로 쓰여 있기는 하지만 담대함이 느껴지는 강한 필치, 익숙한 무양자의 필치로 쓰인 그 글자는 읽자마자 무광검도와 관련된 것임을 알 수 있었다.

'왠지 불안한데……'

책장을 넘기는 손에 불안함이 깃들었다. 분명 무광검도는 대단한 무공이다.

분광검법이나 사일검법의 비급을 본 적은 없지만 그에 못지않을 거라고 생각하고 있었다. 무광검도가 아니었다면 위험했을지도 모를 상황을 몇 번이나 헤쳐 나오며 덕을 보기도 했다.

하지만 익히면 익힐수록 확실해지는 것이 하나 있었다.

무광검도(無光劍道)는 근본 사상부터가 정공이 아니라 마공에 가깝다는 사실이다.

호체보신결이 사람의 육신을 신선의 것처럼 완벽하게 만들어내기 위한 무공이듯 본디 정종 무공이란 수련을 위한 도구로서 사용되는 것이다. 하지만 무광검도는 달랐다.

인간이 수련하기 위해 검을 도구로 선택한 것이 아니라 검의 길(劍道)에 닿기 위해 인간의 육신을 도구로 선택한 형태였다. 그야말로 마공의 사상과 다를 바 없었다.

호체보신결이 아니었다면, 호심단과 각종 영약으로 이미 완성을 향해 달려가던 육신이 아니었다면 무양자의 강권으로도 익히지 않았을 무공이다.

무광검도는 그의 얄팍한 지식으로는 알 수 있을 정도로 극단적이었고, 누구라도 몸 성히 익히기가 불가능한 무공이었으니까.

호체보신결이 천심단의 공능에 의해 팔심(八深)의 깊이까지 도달하려 하고 있음에도 무음의 검을 내칠 때면 매번 혈도가 깎여나가는 것이 아닐까 걱정될 정도였다.

인간의 한계 따위는 진즉에 벗어났음에도 그랬다.

'…역시나.'

그리고 지금 읽고 있는 이 기공의 구결도 무광검도의 그것과 다를 바 없었다.

무광백련검기의 구결이 설명하는 것은 단 하나의 단어로 정리할 수 있었다. 폭주(暴注)이다.

'이거 익히면 혈도 터지는 건 확실하겠네.'

그런 생각이 절로 드는 내공심법이었다.

무음의 속도를 위해서 혈도에 내공을 강한 압력으로 밀어넣던 것처럼, 아니, 그 이상으로 내공을 혈도에 몰아넣어 파열되고도 남을 압력으로 검을 내치기 위한 내공 구결이 바로 무광백련검기였다.

무양자도 그걸 알고 중간에 백련결(百鍊訣)이라는, 혈도의 단련과 심맥을 보호하기 위한 별도의 구결을 따로 적어놓은 것 같지는 하지만 그 정도로는 가일층의 압력을 온전히 해소할 수 있을 것 같지 않았다.

턱.

비급을 덮고 눈가를 주물렀다. 머리를 식히고 잡념을 지우기 위해 편 비급이었건만 오히려 머리가 더 아파왔다. 반년 만에 재회한 사부는 반가웠지만 사부와 관련된 모든 것에서 두통이 일고 있었다.

六. 방문객

머릿속이 복잡해지는 것과는 별개로 단사천이 수련을 빼먹는 일은 없었다.

아직 해가 떠오르지 않아 차가운 공기 속에서 소주천을 마친 후, 가벼운 동공(動功)으로 몸을 푼다. 본격적인 수련에 들어가기 전 당연히 행하는 준비운동이었다.

긴 시간에 걸쳐 전신의 점검을 끝낸 단사천은 본격적인 수련을 시작하기 위해 검을 뽑았지만 검은 완전히 뽑히지 못하고 도중에 덜컥 멈춰 섰다.

아무런 전조도 없이 갑작스레 영기가 움직였다.

잠잠하던 영기가 왜 갑자기 날뛰는 것인지 알 수 없었다. 수련을 시작하기 전 몸 상태를 확인하던 도중에는 별다른 이상을 발견할 수 없었기에 의문은 더했다. 하지만 고민은 거기서 멈췄다.

"크윽……!"

보신결의 진기를 한껏 끌어올렸음에도 온몸이 얼어붙을 것처럼 추웠다. 특히나 태산에서 받아들인 영기가 흐르는 혈도들이 그랬다. 뿌득거리는 소리를 낼 정도로 악문 이빨이 제멋대로 떨릴 정도의 추위가 치솟았다.

"크으읍……."

고통에 굳어버린 몸을 어떻게든 움직여 품속에 있는 환약을 입에 털어 넣고 제 자리에 쓰러지듯 주저앉았다. 차가운 바닥과 새벽의 찬 공기가 한기(寒氣)를 더욱 부채질 하는 것 같았다.

환약 속에 담긴 기운이 풀려 나왔지만 치밀어 오르는 한기를 억제하기에는 역부족이었다. 오히려 신체 말단에서부터 감각이 사라져갔다.

아무리 약력을 흘려보내도 폭주하는 영기를 뚫고 손끝, 발끝까지 온기를 보낼 수가 없었다.

"후욱, 후욱……!"

거칠게 숨을 몰아쉬며 영기를 진정시키기 위해 사력을 다

했다. 거칠게 날뛰는 영기와 보신결의 기운이 부딪힐 때마다 압도적으로 열세인 보신결은 깨지고 코끝과 입가에서 검게 죽은피가 흘러내렸다. 얼마 지나지 않아서 몇 개의 혈선이 턱밑까지 길게 이어졌다.

그 모습만으로도 영기의 발작으로 생긴 내상의 여파가 전신 혈맥에 미치고 있음을 짐작할 수 있었다.

결국에는 약력(藥力)은 물론이고 단전에 쌓인 진기가 바닥을 드러냈다.

'그래도……'

단사천은 포기하지 않았다. 바닥의 바닥을 긁어내서라도 보신결의 진기를 이어간다. 폭풍 속을 판자 하나에 의지해 버티듯, 실낱같은 가느다란 한 줄기 진기를 도인해 버텼다.

'버틴다!'

얼마나 시간이 지났는지는 알 수 없었다. 영기가 발작하던 때처럼 어느 순간 갑작스레 가라앉았다.

언제 그랬냐는 듯 조용해진 영기의 흐름에 팽팽하게 당겨진 단사천의 정신도 느슨하게 풀렸다.

"하아, 하아, 후우우우……."

막혔던 숨을 내쉬며 물 먹은 솜처럼 늘어진 몸을 그대로 땅에 맡겼다.

등을 타고 한기가 올라왔다. 혹시 모를 상황을 생각한다면 몸을 움직여 건물 안에 있을 서이령을 찾아가는 편이 바람직했지만 마지막 한 줌의 진력까지 끌어다 쓴 몸은 움직이는 것을 거부했다.

'이런 의미였나……'

전신에 가득한 탈력감과 고통의 여운 속에서 단사천은 서문이나 현백기가 했던 경고의 의미를 새삼 깨달았다.

영기의 위험성이나 자신의 몸 상태에 대해서는 이미 충분히 이해하고 있다고 생각했지만 착각이었다.

처음 영기를 받아들인 의선문에서의 상태와 달리 태산과 복건에서는 아무렇지 않게 받아들인 영기였기에 착각하고 있었다.

영기라는 건 본래 한낱 인간이 품고 있을 것이 아니라는 것, 그리고 자신이 스스로의 안위 이외에 혼례 같은 것을 생각하고 있을 정도로 여유가 없다는 것을 지금 이 발작으로 정말 뼈저리게 이해할 수 있었다.

"단 공자님!"

그리 멀지 않은 곳에서 들린 서이령의 목소리에 단사천은 집중력의 한계를 느끼며 긴장과 정신의 끈을 놓아버렸다.

"시작하겠습니다."

서이령의 눈에 진지함이 깃들었다.

남자, 그것도 신경 쓰고 있는 상대라면 더더욱 긴장할 수밖에 없는 노릇이지만 그녀는 의원이었다. 더욱이 지금 눈앞에 있는 단사천은 방금까지 영기의 폭주로 생명의 위협을 느낄 정도의 중환자였다.

그것을 되새기며 서이령은 단 한 번의 심호흡으로 떠오르려는 감정과 생각을 억눌러 지우고 약간의 긴장감만을 지닌 채 환자를 보는 눈으로 돌아왔다.

크고 작은 금침 수십 개를 늘어놓고 윗옷을 벗고 누운 단사천의 등에서 혈 자리를 확인한 서이령의 손이 움직이기 시작했다.

내공을 사용해 온기(溫氣)를 담은 금침이 척추를 따라 흐르는 독맥의 혈마다 자리했다. 명문혈에서 대추혈까지 빈틈없이 꽂히는 침은 깊이와 크기가 제각각이지만 침을 놓는 손에는 망설임도, 방금까지 가득하던 긴장감도 찾을 수 없었다.

다음으로 침을 통해 내공을 흘려보내는 것으로 내부를 관조한다.

혈도와 장기를 차례로 살핀다. 차갑게 흐르는 영기, 혈도를 강하게 묶고 있는 영기, 무겁고 단단하게 굳은 영기. 방금 전 발작을 일으켰다고는 생각하기 힘들 정도로 제각각의 기운은 안정적이었다.

특별한 문제가 보이지 않자 서이령은 그제야 굳게 다물었던 입을 열었다.

"…비위(脾胃), 신장(腎臟), 간장(肝腸)은 그곳에 자리 잡은 영기 때문인지 다른 장기들에 비해 상태가 괜찮습니다만… 심장(心臟)과 폐장(肺腸)은 기능 저하가 조금 진행되고 있네요. 일단 늘 먹던 약재에 따로 몇 가지를 추가하겠습니다."

종이에 몇 가지 약재의 이름을 적고는 금침을 회수한다. 자침을 할 때와 마찬가지로 능숙한 손놀림이다. 침을 모두 회수했지만 조정이 다 끝난 건 아니었다.

"그럼 뜸을 뜨겠습니다. 뭔가 이상하시면 바로 말씀해 주세요."

침을 거둔 자리마다 다시 준비해 둔 약쑥을 올리고 뜸을 거푸 떴다.

뜸을 뜨는 동안에는 이제 가만히 상태를 지켜보는 것뿐이니 이제는 뜸이 다 타기를 기다리며 대체 무슨 일이 있었는지 알아볼 차례였다.

"대체 무슨 일이 있던 겁니까?"

"잘 모르겠습니다. 갑자기 영기가 날뛰었다는 것만……"

금침을 정리하며 서이령이 물었지만 단사천은 그 이상의 대답을 할 수 없었다. 그도 무엇이 문제였는지 여전히 모르고 있었다.

"발작이 있기 전에 뭔가 몸에 이상이 있었다거나… 아니, 공자님이 그런 걸 놓치실 분은 아니시죠."

서이령은 입술을 잘게 깨물며 얼마간 고민했지만 답이 나오지 않았는지 만족스럽지 못한 표정으로 한숨을 내쉬었다.

고민한다고 답이 나오는 문제가 아니었다. 자문하려 해도 현백기는 사람의 몸을 다루는 의술에 밝은 편이 아니었고 대답을 해줄 가능성이 있는 그녀의 조부는 지금은 이곳에는 없었다.

서이령은 답이 나오지 않는 문제를 놔두고 다음 화제로 넘어가기로 했다.

"알겠습니다. 그러면 이후 어디로 움직인다고 왕야께 들으신 바가 있나요?"

화산의 영지는 오르지 않기로 했으니 다른 영지로 가야 하는 상황이니 당연한 질문이었다.

"정확히 결정한 것은 없지만 왕야께 청해성이나 요녕성, 운남성 이렇게 세 곳에 영지가 있을 거라는 말은 들었습니다."

엎드려 있는 탓인지 억눌린 목소리로 말하는 단사천의 대답에 서이령은 아미를 곱게 찌푸리며 입술을 매만졌다.

청해성에 요녕성과 운남성, 천하의 끝과 끝이라고 할 수 있는 거리이다. 태산과 천주, 화산을 도느라 반년이 넘는 시간을 소모하며 움직여야 했다.

지금 언급된 세 성은 단순히 오가는 것만으로도 그 배는 걸릴 테고, 그곳에서 영지를 탐색하는 것까지 생각한다면 네다섯 해는 우습게 지나갈 터였다.

"…그러면 산동 청도에서 배를 탔을 때 요녕 땅으로 들어가는 게 낫지 않았습니까?"

그렇게 했다면 천 리가 넘는 동선 낭비 없이 움직일 수도 있었다. 원 제국의 잔당과 마적들이 출몰하는 요녕 땅에서의 영지 탐색이 힘들기야 했겠지만 적어도 몇 개월 정도 시간은 더 벌 수 있지 않았겠는가.

더욱이 약과 기공의 힘으로 간신히 단사천의 체내에 잠든 영기를 억누르고 기운 간의 균형을 맞추고 있는 상황에서라면 더더욱 한시가 소중했다.

"그렇지 않아도 물어봤습니다만 왕야께서 말씀하시길, 요녕성 쪽… 정확히는 조선 북방의 장백, 또는 백두산이라 불리는 산꼭대기에 있는 큰 호수 밑바닥에 영지가 있어서 인간은 물론이고 왕야께서도 닿을 수 없다더군요. 물고기가 아니면 갈 수도 없으니 포기하라고 들었습니다."

"그런가요."

거기에 결과론적으로 그때 태산에서 바로 복건성으로 내려온 덕에 패천방의 참화도 피할 수 있었고 마인들이 영지를 어지럽히기 전에 영지에 닿을 수도 있었다.

어찌 생각한다면 다행이라고 생각할 수 있었다.

"그나마 운남성이라면 점창파의 영역이니 괜찮을 것 같습니다만 청해는……."

서이령이 말끝을 흐렸다.

청해성은 명 제국의 힘이 미치지 않는 변방이기에 범죄자나 마인들의 숫자가 상당했다. 그나마 곤륜산에는 구파의 하나인 곤륜파가 자리 잡고 있어 나름의 치안이 형성되어 있지만, 넓디넓은 청해성 전역에 비하면 그야말로 한 줌에 지나지 않는 수준이었다.

그리고 무엇보다,

"수라문의 본거지가 있을 거라고 추정되는 곳이지 않습니까?"

마교의 영향권에서 멀리 떨어진 태산이나 천주에서도 마인들의 습격을 피할 수는 없었다. 그것도 조직적이고 몇 년은 계획한 것 같은 치명적인 습격이었다.

하물며 몇 번이나 그들의 행사를 방해해 온 단사천이라면 주시하고 있을 것이 분명한 상황이니 이대로 그들의 영향권 내로 들어간다는 것은 자살 시도나 다름없는 행위였다.

"예, 그래서 아무래도 다음 목적지는 운남성이 되지 않을까 합니다."

운남성도 청해성이나 마찬가지로 중원에서 바라보면 변방이다. 아직도 대리국(大理國)의 이름을 기억하는 자들이 남아 있고, 남쪽으로 내려가면 회족(回族)이나 묘족(苗族) 같은 만족(蠻族)들이 울창한 수림 속에서 살아가고 있다. 거기에 무수한 독물(毒物)까지 있어 위험하기는 마찬가지였다.

그나마 운남성에는 단사천의 사문인 점창파가 있어 보조를 받기가 한결 수월했고, 청해성에 비하면 그래도 관의 영향이 강한 편이기도 했다.

"그렇군요. 그럼 그렇게 알고 운남에서는 구하기 힘든 약재를 미리 사두는 것이 좋겠네요."

"그러고 보니 환약에 들어가는 삼지구엽초의 신선도가 조금 떨어지는 것 같습니다."

마침 생각났다.

삼지구엽초의 상태나 품질이 나쁜 것은 아니었지만 조금이라도 효과가 더 나은 쪽이 좋았기에 한 말이다. 하지만 서이령은 난처한 얼굴로 답했다.

"이 근방 심마니들이 활동을 중지한 탓에 구할 수 있는 약재 대부분이 조금 오래된 것들입니다. 일단 품질은 가능한 한 괜찮은 것들로 엄선해서 쓰고 있지만 신선도는 아무래도……."

잊어버리고 있던 사실이다.

화음현에 도착한 첫날에 들은 것처럼 언제 마인들이 습격할지 모르는 화산의 현 상황에서 산에 오를 정도로 담력이 있는 심마니는 그리 많지 않았다.

약재가 없을 수밖에 없는 상황이었고, 오히려 이런 상황에서도 약재의 품질을 유지하는 서이령의 수완이 대단하다고 해야 할 정도였다.

"다른 지역에서 약재를 수배할 수도 있습니다만……."

"그렇다면 괜찮습니다. 품질에 문제가 있는 것도 아니니까요."

그답지 않은 사양이다. 약재의 품질과 의원의 실력에 대해서만큼은 결코 타협하지 않을 거라고 생각하던 서이령의 눈에 옅은 놀람이 보였다.

단사천으로서는 딱히 서이령을 배려한 생각은 아니었다. 단지 반년 전 개봉에서 잠깐을 참지 못하고 약재를 구하러 나섰다가 소동에 휘말린 때를 기억해 냈을 뿐이다.

'실수는 한 번으로 족하지.'

이번에야말로 참아볼 생각이다. 길어야 며칠, 약재를 구할 수 없는 것도 아니고 품질이 떨어지는 것도 아니다. 기껏해야 신선도에 관련해서 약간 불만족스러운 정도이니 참을 수 있었다.

간단한 잡담 몇 마디를 더 나누고 있으니 어느새 뜸이 다 타고 재만 남았다.

"그럼 다음……."

재를 털어내고 다시 뜸을 준비하려는데 바깥이 시끄러웠다.

화음현 전체가 침울하게 가라앉아 있는 탓에 더 소란스럽게 느껴졌다.

그리고 어쩐지 소란스러움이 점차 커지고 있었다. 아니, 커진다기보다는 점차 가까워지고 있었다.

서이령은 몇 개의 발 구르는 소리와 마루가 삐걱거리는 소리에 손을 멈춘 채 문으로 시선을 옮겼다.

'습격은… 아니겠지.'

해가 머리 위에 걸린 백주라는 점도 있지만 만약 정말로 마인들이 습격을 해온 것이라면 겨우 이 정도의 소란일 리 없었다.

소란스러움은 문 바로 너머에서 잠시 멈췄다. 문 바깥에서 호법을 서고 있는 장삼에 의해 제지당한 것 같았다.

"…안에서… 의원… 치료 중……."

예상대로 소란스러운 기척의 주인들을 막은 것은 장삼이었다. 드문드문 들려오는 장삼의 목소리로 대화하고 있다는 건 알 수 있었지만 상대의 목소리가 조금 높은 것으로 보아 아마 여성이 아닐까 짐작할 뿐이다.

장삼의 난처함 섞인 음성이 들리며 이후로도 무어라 대화가 이어졌다. 그러다 어느 순간 문 너머 인기척들이 분주해지는 듯하더니 벌컥 문이 열리고 인영 하나가 날 듯 방 안으로 뛰어들어 왔다.

"잠깐 기다리… 아가씨!"

갑작스럽고 맹렬한 기세에 서이령은 반사적으로 금침을 던지려 했지만 상대의 입에서 나온 말에 당황해 손이 굳었다.

"단 가가!"

상대는 예상한 대로 여성이었다.

예상하지 못한 점은 미모가 출중한 여성이라는 것이다.

고급스럽단 말보다 우아하다는 표현이 잘 어울리는 자수가 세밀히 놓인 푸른 비단옷과 각종 패물(貝物)이 자연스레 어울리는 농염한 흑발이 시선을 사로잡는다. 거기에 백자(白磁)를 떠오르게 하는 유려한 몸의 굴곡까지… 그야말로 귀족적인 미모를 자랑하는 여성이다.

하지만 그런 것보다도 서이령을 당황하게 만든 것은 가가라는 호칭과 그 앞에 붙은 성씨였다.

서이령이 당황해 굳어 있는 것과 달리 단사천은 문이 열리고 무언가 날아온다는 것을 확인하자마자 움직이기 시작했다.

방금까지 뜸을 뜨느라 몸을 이완시키고 있었지만 갑작스러운 상황에 강하게 침상을 밀치듯 튕겨 일어났다. 바로 손닿는 곳에 놓여 있던 검을 쥐고 자세를 잡자 허리춤에 걸쳐 놓은 상의가 흘러내리며 상체의 맨살이 그대로 드러났다.

완벽하게 조율된 근육이 당장에라도 튀어나갈 듯 팽팽하게 부풀었다.

하지만 검이 뽑히는 일은 없었다. 방금까지 그가 누워 있던 자리에 사뿐히 내려앉은 여인의 얼굴이 어딘지 눈에 익었기 때문이다.

그래도 바로 누구라고 떠올릴 수 있는 것은 아니었다. 아마도 꽤 오래전 만난 상대인 것 같았지만 아무래도 기억 속에 있는 사람 중에는 눈앞에 있는 미모의 여인과 일치하는 얼굴을 찾을 수가 없었다.

"10년 만에 뵙네요, 단 가. 그날 천진에서 헤어진 뒤로 늘 이 순간만을 꿈꿔왔어요."

단사천이 고민하고 있는 동안 여인의 입이 먼저 열렸다. 이번에도 뒤에 붙은 가가라는 호칭이 신경 쓰였지만 10년 전이라는 시간과 천진이라는 지명에서 한 이름을 떠올릴 수 있었다.

"…설마 단목 소저?"

왜 여기에 있는지 짐작도 할 수 없었기에 반응이 늦었다. 하지만 상대는 이름이 불린 것으로도 만족한다는 듯 웃고 있다.

"예, 단목혜(端木慧)랍니다. 오랜만에 뵈어요."

보통 강호인들이 포권을 하는 것과 다른 인사였다. 방금 전 모습이나 기세가 마치 착각인 것처럼 느껴질 정도로 절도 있는 명가의 예법이었다.

단목이라는 성씨와 몸가짐, 그리고 방금 보여준 경공에서 짐작할 수 있는 무위를 종합하자 서이령의 머리에 한 가문의 이름이 떠올랐다.

"단목장군가……."

천문단가와 함께 명나라의 하늘을 떠받치고 있는 세 기둥 중 하나였다. 단가가 나라의 기틀을 다지고 내정을 다듬는 문(文)의 기둥이라면 단목가는 현 황제가 번왕이던 시절부터 함께하며 천하 각지, 특히 북방 원나라의 잔당을 상대로 다대한 무공을 세운 무(武)의 기둥이었다.

서이령의 작은 중얼거림을 들었는지 단목혜의 고개가 그녀를 향했다. 단사천에게 고개를 향하고 있을 때와는 달리 미소의 흔적도 찾아볼 수 없는 차가운 얼굴이었지만 그렇다고 그 미모가 사라지는 것은 아니었다.

오히려 행동과 걸치고 있는 화려한 푸른빛의 비단옷에는 그 차가운 얼굴이 더욱 어울리는 것 같았다.

서이령은 단목혜가 빤히 바라보자 같은 여인임에도 괜히 얼굴이 붉어지는 것 같았다. 하지만 단목혜는 그런 그녀의 모습을 상관 않고 마치 평가하듯 그녀의 전신을 훑기 시작했다.

"여기에는 무슨 일로 오신 겁니까, 단목 소저?"

단사천의 물음에 겨우 단목혜의 고개가 돌아갔다. 역시 이 번에도 얼굴 표정이 변해 있다.

"전처럼 혜 매라고 불러주세요, 단 가가."

단목혜가 다시 한 걸음 다가서며 말했다. 남자라면 거절할 수 없을 것 같은 애교 섞인 음성이었지만 단사천은 그녀가 다 가오는 만큼 거리를 벌리곤 입을 열어 답했다.

"혜 매라니……."

"왜요. 예전에는 자주 그렇게 불렀잖아요."

재차 다가서는 단목혜의 발놀림은 단사천의 도주를 제한하 는 상승 무공의 묘리가 담겨 있어 마치 사냥감을 몰아넣는 것 같은 모양새였다.

벗어나기 위해 방위를 밟아보지만 역시나 무산되었다. 아무 리 천원행이 대단한 보법이라고 하지만 겨우 며칠의 수련으로 벗어날 수 있는 수준이 아니었다.

"그거야 어릴 때, 아직 아무것도 모르고 있었던 탓으 로……."

결국 방구석까지 밀려난 단사천은 그렇게 말하며 흘러내린 상의를 끌어 올렸다. 서이령이나 단목혜의 눈에서 약간 아쉬 움이 느껴지는 것 같았지만 무시하고 옷매무새를 정돈했다.

"그리고 대체 가가는 또 무슨 소리입니까?"

그야말로 사냥감을 앞두고 입맛을 다시는 것 같은 모습의
단목혜였지만 당혹과 의문이 섞인 그의 말에 언제 그랬냐는
듯 웃는 얼굴로 답했다.

"그야 약혼녀니까요."

당연한 사실을 왜 묻느냐는 듯 쾌활한 답이다.

거기에 그녀의 만면에 가득한 미소가 마치 빛나는 듯했다.
그렇지만 정작 그 말의 당사자가 되는 단사천은 방금 전 이상
으로 얼굴에 의문을 가득 담고 있었다.

옆에 있는 서이령과 막 방 안으로 들어서던 무설의 얼굴에
도 경악이 어렸다.

＊　　　　＊　　　　＊

천하대전 이후로도 반년이나 더 천하를 주유했다. 오랜만
에 오른 화산의 정취는 날카롭게 벼려진 청료의 마음을 편하
게 누그러뜨려 주었다.

화산파의 정화라고 할 수 있는 매화는 피지 않았지만 그렇
기에 오히려 차분하게 고향이라 할 수 있는 화산의 풍경을 감
상할 수 있었다.

"미혹은 다 떨쳐낸 것 같구나."

사부 태청 진인은 청료를 바라보며 흐뭇한 웃음을 띠고 있

다. 천하대전에서 충격적이고 굴욕적인 패배를 당하고 위태롭게 보이던 제자였다.

천하대전 이후 홀로 여행을 하고 싶다던 소리에 불안하기도 했지만 마음을 정리하기엔 여행만 한 것도 없다고 생각해 천하를 돌며 마음이 정리되면 다시 돌아오라고 말했다. 그리고 그 결과가 지금 눈앞에 있는 제자의 모습이다.

한층 깊어진 눈과 팽팽하게 흘러나오는 구화일기공의 기세는 태청의 결정이 올바른 것이었음을 확인시켜 주고 있었다.

"예, 어떻게 섬룡의 검은 다 떨쳐냈습니다.

'대신 다른 게 남았지만요.'

쓴웃음을 속으로 삼키며 산을 오르기 전에 본 또 다른 점창파 제자의 검을 떠올렸다. 이미 그전부터 일성의 분광검은 거의 극복하고 있었지만 그 위로 덧씌워진 무광검(無光劍)의 잔흔(殘痕)은 어떻게 지워내야 할지 엄두도 나지 않았다.

시작도 끝도 눈으로 보지를 못했으니 그걸 봤다고 해야 할지는 모르겠지만 말이다.

그 덕분인지 일성의 섬전보다도 충격적이었건만 그 순간의 모습은 흐릿했고 일성에게 패했을 때 같은 심마(心魔)는 없었다.

"그러냐."

청료의 복잡한 속내를 태청 진인은 눈치채지 못하고 만족스러운 웃음을 띠고 고개를 끄덕였다.

"…청료, 안에 있나?"

간단히 근황을 보고하고 이야기를 듣고 있으니 바깥에서 굵직한 목소리가 들려왔다.

"이런, 손님이 왔나 보구나. 그럼 나는 이만 일어나마."

"더 계시지 않고……."

"늙은 몸, 눈치라도 안 보려면 나도 일을 해야 되지 않겠느냐. 산 아래에서 순찰을 돌았다는 이야기는 들었다. 산을 오르느라 피곤하기도 할 테니 오늘 하루는 편히 쉬도록 해라. 아, 나오지 않아도 괜찮으니 안에 있어라."

태청이 느긋하게 남은 차를 마시고 일어났다. 청료는 사부의 말대로 따라 나가지 않고 자리를 정리하고 있으니 누군가 방 안으로 들어왔다.

"누가 나오나 했더니 화운검 어르신이 나올 줄은… 덕분에 놀라서 실례를 저지를 뻔했어."

"일도? 자네도 여기 있었나?"

화산의 그것과는 약간 다른 형식의 도복을 걸친 사내는 일도였다. 10여 년 전 구파 제자 간에 이뤄진 교류회에서 만난 이후 친분을 유지하고 있는 친우였다.

몇 번인가 만날 기회는 있었지만 일성에게 그렇게 패배하고

난 뒤에는 점창파의 문도, 그것도 일성과 사형제 관계인 일도이기에 알게 모르게 꺼리게 된 인연이다.

"친구 소식에 귀 좀 기울이지? 아무튼 오랜만이다. 작년 십룡연(十龍宴) 때 보고 처음인가?"

그럼에도 일도는 아무렇지도 않게 청료를 대하고 있었다. 그 모습에 심중에 작게 남아 있던 자격지심이 녹아 사라지는 것 같았다.

"아니. 그 후 청성파 적하 진인의 대덕강론(大德講論) 때 만났으니 정확히는 구 개월 만이지."

"그랬나? 기억에 없는 걸 보면 그때도 가서 잠만 자다 왔나 보군."

어깨를 으쓱하며 웃는 일도를 보며 피식 웃음이 새어 나왔다.

이대로 이야기라도 하는 것도 나쁘지 않지만 일도가 왔다는 건 무언가 용무가 있다는 소리였다.

"그런데 무슨 일로 왔는가?"

"일은 무슨, 화산에 온 김에 얼굴이나 보려고 온 거지. 혹시 이 뒤에 어디 갈 예정 있나?"

화산에 올라 장문인과 사부님에게 인사를 했으니 이제 할 일은 없었다. 앞으로 바빠질 테니 이 뒤는 사부님의 말처럼 적당히 쉴 생각이었지만 그건 달리 말해 아무런 예정이 없다는 것이기도 했다.

"별일이 없으면 이대로 쉴 생각이지만… 뭔가 있나?"

일이 없다는 말에 일도가 무언가 꾸미는 듯한 웃음을 지으며 어깨에 손을 걸쳐 왔다. 그리고 그제야 일도가 한 손을 뒤에 감추고 있었다는 것과 그 손에 들린 보따리 하나를 확인할 수 있었다.

"그건 또 무슨……"

보따리의 정체에 대해 물으려던 찰나 일도가 어깨에 두른 손에 힘을 주며 작게 억누른 목소리로 말했다.

"…일단 사람이 없는 곳으로 가자고."

일도가 움켜쥔 보따리에서 풍기는 냄새가 어딘지 익숙했다.

화산은 넓다. 그리고 험하다. 사람의 발길이 닿지 않는 곳 정도는 얼마든지 널려 있었고 화산파의 무인들, 그중에서도 홀로 움직일 수 있는 매화검수 이상의 문도들은 제각각의 비밀 장소를 화산 어딘가에 만들어놓고 있기도 했다.

청료가 일도를 안내해 온 곳도 그런 비밀 장소 중 하나였다. 조금 축축한 감이 없지 않아 있지만 겉에서는 제대로 찾을 수 없는 자연 동굴이었다.

"여기는 사람들이 오지 않는 곳이겠지?"

일도는 마치 쫓기는 사람처럼 음침한 얼굴을 하고 있었지만 저 보따리 안에 들어 있는 것이 무엇인지 짐작할 수 있는 청료로서는 아무래도 좋았다.

"그래."

무심한 청료의 반응에 일도는 흥이 식었다는 듯 슬며시 피워내던 기세를 죽이곤 보따리를 묶은 매듭을 풀었다. 안에서 나타난 것은 종이로 싸인 잘 구운 닭과 호리병 하나였다.

"혹시나 했더니 역시나……."

자랑스레 술과 고기를 꺼내는 일도의 모습에 청료는 고개를 내저었다.

점창이나 화산이나 딱히 육식과 음주를 금지하지는 않지만 도문의 제자로서 화식을 멀리하는 것은 기본이었다. 무엇보다 언제 마교도가 습격해 올지 알 수 없는 이런 시국에 술이라니…….

머리가 아파왔다.

"홍, 네가 아직 이게 뭔지 몰라서 그러는 거다. 어디 이게 뭔지 알고도 그럴 수 있는지 보자."

일도는 의미심장한 웃음을 지으며 호리병의 마개를 뽑았다. 그때까지만 해도 심드렁하던 청료였지만 풍겨져 나오는 강렬한 주향(酒香)에 눈을 크게 떴다.

"그거 설마……!"

청료의 경악한 모습에 일도의 얼굴이 짓궂게 변했다. 도무지 도사라고 생각하기 힘든 얼굴이 되었지만 청료는 그런 걸 신경 쓸 여유가 없었다.

바로 코앞에서 존재감을 뿜어내고 있는 저 술이 그가 생각한 것이라면 지금 이 경악도 작은 것이었다.

"정말로 장천주가(長川酒家) 서봉주(西鳳酒)냐?!"

호리병에 음각으로 새겨진 장천의 두 글자를 보며 청료는 입을 다물지 못했다. 장천주가는 한 해에 겨우 다섯 동의 술을 담그는 것으로 유명한데 그 다섯 동의 술은 돈을 주고도 살 수 없을 정도의 명주였다.

"그래, 그거 맞다. 그것도 15년 숙성된 것이다. 내가 다른 사람들한테 안 들키고 사서 여기까지 가지고 오느라 얼마나 힘들었는지……."

일도가 의기양양한 표정을 짓고 있지만 정말 이것이 장천주가에서 만든 진품이라면 눈이 튀어나올 정도로 비싼 건 물론이고 돈이 있다고 구할 수 있는 물건도 아니니 충분히 이해해 줄 수 있었다.

침이 입 밖으로 흘러나오려던 찰나 호리병의 뚜껑이 다시 닫혔다. 반사적으로 일도를 쳐다보니 일도는 전보다 더 짓궂은 얼굴로 말했다.

"자, 조금만 기다리자고."

"기다리다니?"

"걱정하지 않아도 곧 마실 거야. 그보다… 거의 다 왔군."

얼마 안 돼서 두 인영이 입구에 늘어뜨려진 덩굴을 걷어내며 동굴 안으로 들어왔다.

"찾느라 힘들었습니다, 사형."

수북한 덩굴을 헤치고 모습을 드러낸 이는 일양과 일향이었다. 이 동굴을 찾는 데 꽤 고생했는지 단정했을 도복 곳곳에 크고 작은 생채기가 생겨 너덜너덜해져 있다.

"하아! 아, 오랜만에 뵙습니다, 산화난영 대협."

"자네도 오랜만이네."

인사를 받기는 했지만 시선은 여전히 일도의 손에 쥐어진 서봉주에 향해 있었다.

일도는 그 시선을 깨닫고 있으면서도 술병을 여는 대신 방금 막 동굴에 들어온 일양과 일향을 향해 진지한 어투로 입을 열었다.

"안주들은 챙겨 왔겠지?"

"예, 안주 말고도 부족할까 싶어서 챙겨둔 검남춘도 한 병 들고 왔습니다."

그렇게 말하며 슬쩍 안주가 담긴 보따리와 술병을 흔들어 보이는 모습이 익숙한 게 이런 일이 한두 번이 아니라는 걸 짐작할 수 있었다.

"자, 그럼 마셔볼까!"

보따리를 열고 호리병의 마개를 여니 작은 동굴이 술과 고기 냄새로 가득 찼다.

청료는 처음부터 계속 눈에 담고 있던 서봉주의 호리병을 기울여 그 안에서 흘러나오는 맑고 투명한 액체에 온 정신을 집중했다.

짙은 향을 들이쉬고 곧 차가운 술을 입에 머금었다. 혀를 가득 채우는 달콤함을 느끼고 목으로 넘기자 부드럽게 흘러내려 간다.

명주(名酒)의 이름에 손색없는 맛과 향이었다.

그렇게 오직 술과 안주에 집중하다 보니 자연스레 대화에서는 멀어졌다.

도중에 그의 관심을 끄는 이야기가 들리지 않았다면 계속해서 그렇게 대화에 관심을 끄고 있었을 테지만 익숙한 이름에 그도 모르게 귀가 움직였다.

"…그런데 그 녀석은 올라오자마자 내려가 버리고, 대체 무슨 생각인지 모르겠습니다."

"무서워서 내려간 거 아니야? 청의검협이니 참마검전이니 하는 별호도 다 따라다니는 호위들이 해결한 걸 주워 먹은 거겠지."

일양과 일향의 험담에 일도의 얼굴이 험악해졌다. 벌써 몇 번이나 주의를 주었건만 변하지 않는 둘의 모습에 인내심이 한계를 느끼고 있었다.

하지만 오랜만에 만난 친우 앞에서 꼴사나운 모습을 보일 수는 없어 내뱉은 말에 엄정한 기색이 실리기는 했지만 소리는 낮을 수밖에 없었다.

"무슨 말을 그렇게 하느냐? 동문의 사형제가 내상 때문에 내려갔다는데 걱정은 못할망정……. 그리고 단 사제가 비록 속가 출신이라고는 하나 너희보다 한 해 더 빨리 입문했으니 엄연히 사형이다. 그런데 그 녀석이라니."

일도의 꾸지람에도 일양의 얼굴에 서린 불만은 그대로였다.

"그래봐야 속가제자 아닙니까. 그리고 정식으로 들어온 제자도 아니니 굳이 따지면 같은 항렬인데 무슨 사형입니까?"

일양의 대답에는 명백한 무시가 섞여 있었다. 일향도 무어라 말은 하지 않았지만 일양의 말에 동의하고 있음이 분명해 보였다.

"이 녀석들이……!"

일도의 얼굴이 한층 일그러졌지만 일양은 지지 않고 곧장 말을 이어갔다.

"하지만 사형도 생각해 보십시오. 속가제자가 겨우 10년을 수련했습니다. 고작 호체보신결 하나 익혔을 뿐 분광검도, 사일검도 익히지 못한 속가제자가 수라문이나 혈교의 마인들을 상대로 그렇게 싸울 수 있다고 생각하십니까?"

일양의 질문에 일도의 말문이 막혔다. 그도 사부인 무진자의 강권으로 호체보신결을 익히면서 많은 덕을 보기는 했지만 극악한 축기 효율에 진저리친 것도 사실이다.

또 다른 절기인 현천기공으로 보조하지 않았다면 사일검법을 이어갈 최소한의 내공도 쌓지 못했을 것이 분명했다.

"아무튼 그 이야기는 그만하자."

그것과는 별개로 다른 문파의 사람 앞에서 동문을 헐뜯는 꼴을 더 이상은 보여줄 수 없었기에 대화를 끊었다.

"미안하네. 보기 안 좋은 모습을 보였어."

일도의 말에 청료는 곧바로 답할 수가 없었다. 방금 전 일도의 입에서 나온 말에 온 정신이 쏠려 입안에 머금은 술을 내뱉지 않기 위해 온 힘을 다해야 했다.

'내상을 입었다고? 그 정도의 쾌검을 보여주고도 전력이 아니라고?'

단사천과 시비가 붙은 것이 겨우 며칠 전이다. 겨우 한 번의 초식 교환으로도 알 수 있는 격차가 있었다.

그런데 그게 내상을 입은 자의 움직임이라니 믿을 수가 없었다. 그렇다면 만전의 단사천은 대체 어떻다는 건가?

…상상조차 할 수 없었다.

그 충격에 일양과 일향이 단사천을 무시하는 발언을 하는 것에 무어라 말도 꺼내지 못했다.

"괜찮나?"

일도의 걱정 섞인 물음에 겨우 정신을 되찾았다.

"응? 아, 괜찮네. 그런 것보다 술이나 마시지. 확실히 이름값을 하는 술이군."

"그래, 마셔야지."

방금까지만 해도 감탄이 나오던 맛과 향이었건만 지금은 제대로 느낄 수가 없었다. 뇌리에 남은 충격이 사라질 줄을 몰랐다.

*　　　　*　　　　*

달밤의 은은한 멋과 정취는 없었지만 밝은 태양 아래에서 보는 새하얀 화원은 충분히 아름다웠다.

다만 그걸 감상해야 할 사람들은 꽃에 전혀 관심이 없었다. 정자 중앙에 모여 앉은 세 여성 사이에서 미묘한 긴장감이 흐르고 있다.

"다시 한 번 인사드릴게요. 단목혜라고 합니다. 단 가가와는 어릴 적부터 친남매처럼 지낸 사이랍니다."

단목혜는 그렇게 말하면서 단사천의 왼편에 붙어 있다.

"처음 뵙겠습니다. 서이령이라고 합니다."

"무설이에요."

생글생글 웃고 있는 단목혜와는 다르게 둘의 얼굴에는 언짢음이 서려 있었다. 그나마 서이령은 옅은 표정으로 평정을 가장하고 있었지만 무설은 확연히 드러나는 얼굴이다.

두 여인의 시선은 단사천과 얽어맨 그녀의 팔에 박혀 있어 이유를 짐작케 했다. 인사가 끝나고 잠깐의 침묵이 지나갔다.

이 묘한 정적을 깬 것은 단사천이었다.

"이제 좀 제대로 설명을 해주시겠습니까? 약혼자라니······."

친남매 같은 사이라는 말에 거짓은 없는지 과한 접촉에도 아무렇지 않은 단사천의 모습에 두 여성의 시선이 잠시 누그러졌지만 뒤이은 무설의 대답에 다시금 날카로워졌다.

"약혼자라는 말에 뭔가 다른 설명이 필요한가요? 말 그대로의 의미인데요."

"그러니까 대체 언제부터 소저와 제 사이에 그런 이야기가 오간 겁니까? 장 노대에게 물어봐도 아는 게 없다고 하던데······."

가문과 나이를 생각하면 혼담이 오가는 것은 이상한 일이 아니지만 당장 반년 전에 만난 모친도 별말이 없었다.

혼례 정도 되는 일을 당사자에게 숨길 이유가 없으니 그 말은 반년 전까지만 해도 구체적인 이야기가 전혀 오가지 않았다는 소리다.

설령 최근에 그런 말이 나왔다고 해도 그렇다면 바로 얼마

전에야 합류한 장삼이 모를 리가 없었다.

그런 의문을 담은 단사천의 물음에 단목혜는 표정을 유지한 채 답했다.

"그야 아직 정식으로 이야기가 오간 건 아니니까요. 집안 어른들 사이에서 조금 이야기가 오가고 있는 수준이에요."

"아 그런가······."

단사천이 혼례라는 인륜지대사를 받아들이며 내보인 것은 너무나 담백한 반응이었다. 오히려 부외자라 할 수 있는 무설과 서이령이 보이는 반응이 더 극적이었다.

"본인 혼례 이야기를 듣고 반응이 겨우 그거예요?"

무설은 기가 차다는 듯 그렇게 말했지만 단사천으로서도 할 말은 있었다. 가문 간에 오가는 혼담은 결코 드문 일이 아니었다.

본가에 있던 10년 전에도, 산에 있을 때에도 매파 자체는 끊임없이 왔다. 이번에도 단목장군가라는 주체의 차이가 있을 뿐, 약식으로 오가는 혼담 자체는 특별할 것 없었기에 자연스레 반응도 옅어졌다.

무엇보다 언제 영기가 날뛸지 몰라 하루하루가 살얼음판을 걷는 기분이 된 단사천에게 있어서 정식으로 오가는 것도 아닌 혼담은 높은 우선순위를 차지하기에는 아무래도 무리가 있었다.

"아직 정식으로 매파가 오간 것도 아니지 않습니까. 소란피울 일은 아닙니다."

"대범한 건지, 생각이 없는 건지……."

여전히 담담한 단사천을 보며 무어라 더 말하려던 무설을 멈춘 것은 맑은 웃음소리였다.

"아하하하!"

갑작스러운 웃음소리에 세 사람의 고개가 단목혜에게 향했다. 그녀는 시선을 느끼며 웃음을 멈추고 숨을 골랐다.

"하아… 정말이지, 단 오라버니는 변한 게 없네요. 다행이라고 해야 할지……."

그녀의 목소리는 방금 전과 꽤나 달라진 목소리였다. 고저나 음색은 다르지 않았지만 단정함과 활발함의 차이였다. 한층 부드럽게 풀려 자연스러워진 표정과 말끝에는 약간의 웃음기가 묻어나왔다.

"단목 소저?"

"혜 매라고 부르라니까요, 오라버니."

단사천을 바라보며 장난스럽게 웃은 그녀는 맞은편에 앉은 두 사람에게 다시 고개를 숙였다.

"두 분께는 죄송했습니다. 오랜만에 오라버니와 만나서 조금 들떴네요."

간신히 정신을 되찾은 무설이 겨우 입을 뗐다.

"아, 예, 괜찮아요."

서이령 쪽은 당황을 숨기지 못해 의례적인 대답도 돌려주지 못하는 상태였다. 무설도 상황은 다르지 않아 한마디 대답을 끝으로 무어라 더는 말을 잇지 못했다.

단사천이 깊은 한숨과 함께 입을 열려 했지만 단목혜가 손을 들어 말을 제지했기에 입을 열지는 못했다.

"그리고 일단 이거 받으세요. 빈손으로 오기 뭐해서 뭣 좀 가지고 왔어요."

단사천의 말을 막은 그녀는 품속에서 작은 목함을 꺼내 다탁에 내려놓았다.

"이건 뭡니까?"

"오라버니 몸이 좋지 않다는 말을 듣고 한번 준비해 봤어요."

달칵.

목함이 열리며 모습을 드러낸 것은 금박을 입힌 환약들이었다. 둔한 황금빛과 은은하게 흐르는 약향이 정자를 가득 메웠다.

한눈에 봐도 범상치 않은 영약에 단사천의 눈빛이 바뀌었다. 혼례 같은 문제는 벌써 뒷전으로 밀려난 모습이었다. 환약을 뚫어져라 바라보는 단사천을 보는 단목혜의 얼굴에 장난기가 서렸다.

환약의 향기에 취한 듯 집중하고 있는 단사천을 향해 조금씩 그녀의 얼굴이 가까워졌다.

"이거 혹시……"

단사천이 환약에서 시선을 떼 고개를 돌린 것은 서로의 숨결이 느껴질 정도의 거리가 되었을 즈음이었다. 고개를 돌리며 당장에라도 코가 맞닿을 것 같았지만 단사천은 당장 눈앞에 있는 그녀의 얼굴에도 당황하지 않고 뜨거운 눈빛으로 단목혜를 바라봤다.

그렇게 되니 오히려 다가가던 단목혜의 얼굴이 붉어지며 뒤로 물러나는 것과 함께 다탁 너머에서는 시선이 쏟아졌지만 그런 것에 신경 쓸 수 있을 정도로 단사천의 정신 상태는 여유롭지 못했다.

"못해도 이백 년 정도 묵은 산삼 같은데… 맞습니까?"

뜨거운 눈빛에 어울리는 들뜬 음성이었다.

방금 전 그녀와 입맞춤 직전까지 갔던 상황을 신경 쓰는 것은 그녀뿐임을 알려주는 단사천의 반응에 단목혜는 작은 패배감을 느끼며 한숨을 내쉬고는 입을 열었다.

"네, 맞아요. 얼마 전에 구한 삼백 년근 삼을 어의 어르신이 환으로 만들어주신 거예요."

단목혜의 기운 빠진 대답과는 반대로 단사천의 얼굴은 더욱 환해졌다.

‘당장 먹어도 괜찮나?’

혹시 이미 먹고 있는 약과 상충되는 약재가 들어갔을 수도 있었으니 환약을 먹기에 앞서 서이령의 허락을 구하기 위해 입을 열었다.

“서 소저, 이거 먹어도 괜찮겠습니까?”

하지만 단사천에게 돌아온 것은 가부의 대답이 아니라 헛웃음과 여러 감정이 섞인 눈빛뿐이었다.

七 . 연화봉

냄새가 났다.

깊은 잠마저 흔들어 깨울 정도로 강렬한 향기였다.

방금 전까지 가득하던 수마도, 피로도 모두 사라질 정도의 향기, 이제 곧 오백 년이 다 되어가는 삶에서 처음으로 맡는 압도적인 향에 육신과 정신이 송두리째 흔들렸다.

그건 충격이었다.

신체 모든 것을 완벽히 제어하고 있다고 믿었는데 어느새 고이다 못해 떨어지고 있는 침을 느낀 것도, 광물에 가까울 정도로 고요하게 가라앉아 있던 정신의 심연이 요동치는 것도…….

단 한 줌 향에 수백 년의 수양이 아무런 힘도 발휘하지 못하고 무너져 내렸다.

그리고 눈앞에 그 향기를 풍기는 인간이 나타났다.

"처음 뵙겠소, 납탑파군(納塔破君). 나는 혼천(混天)의 뜻을 받드······."

무어라 말을 하고 있는 인간을 향해 몸이 제멋대로 움직였다. 본래는 몇 마디 말을 나누곤 영지에서 내쫓는 것이 평소의 대응이었지만 도무지 자제할 수가 없었다.

저것에서 나는 향기가 심신을 뒤흔들고 있었다.

콰직!

이빨에 걸리는 느낌이 얕았다. 제대로 뜯어낼 수 있던 것은 팔 한쪽, 그것도 팔꿈치 아래의 작은 부분이었다. 혀를 통해 느껴지는 피와 살점의 맛은 수백 년 전과 다를 바 없는 맛이었지만 처음 느끼는 혀가 찌르르 울리는 감각과 그 안에서 풍겨져 나오는 향이 더욱 진해져 몸이 다음을 원하고 있었다.

"···이런, 성격이 급하시군. 이러다간 그냥 먹히겠어. 너희들! 움직여라!"

"혼천의 뜻을 받듭니다!"

마치 쥐 떼처럼 검은 천으로 전신을 가린 인간 수십 명이 팔을 잃은 인간의 뒤에서 뛰쳐나왔다.

마치 스스로 먹히려는 듯이.

"크르르르!"

숫자가 늘어난 만큼 진해진 향기에 이젠 고인 침이 물 흐르듯 흘러내렸다.

우득! 콰직!

검은 옷을 입은 인간들은 움직이지 않았다. 커다란 입에 삼켜 죽을 때까지도 그 눈에서는 공포의 빛을 읽을 수 없었다. 하지만 파군은 그런 것을 읽어낼 영성(靈性)도 지성(知性)도 남아 있지 않았다.

그저 본능이 이끄는 그대로 먹어치우고 또 먹어치울 뿐. 그렇게 먹어치우는 인간들이 무엇을 품고 있는지도 모른 채, 자신이 그렇게 씻어내리던 업이 다시금 이빨과 발톱을 물들이고 있다는 것도 모른 채였다.

"등천을 앞둔 영물이라고는 해도 결국 짐승은 짐승인가?"

파군에게 팔을 먹힌 사내는 무수한 시체를 씹어 삼키고 있는 파군의 모습을 보며 그렇게 중얼거렸다. 잘려 나간 팔에서는 어느새 피가 멎어 있었다.

슬쩍 팔꿈치를 바라보더니 사내는 비명 하나 없이 오로지 살과 뼈가 찢기고 부서지는 소리로 가득한 광경에서 눈을 돌렸다. 수하들과 대호가 만들어내는 피가 사내의 발을 적시고 있었다.

      *   *   *

여러 말이 오가고 있는 사람들을 보며 무양자는 하품이 나오려는 입을 억지로 내리눌렀다.

'귀찮군.'

지금 그가 있는 곳은 화산파 본전에서 이뤄지는 회의장이다.

소림, 무당, 화산에 점창과 청성, 개방, 제갈세가까지 자리에 모여 있는 면면으로 보면 임시 무림맹 총회라고 봐도 좋을 정도였다. 아무리 참가자들에 비해 반 배분 이상 높은 무양자라도 점창산에서 그랬던 것처럼 제멋대로 행동할 수는 없었다.

"…그런데 내 듣자 하니 개방에서 쫓고 있던 수라문의 마인이 화산 근처에 숨어든 것 같다던데 좀 더 정확한 이야기를 들을 수 있겠나?"

가만히 회의를 듣고 있던 노도사 하나가 입을 열었다. 거친 마의(麻衣)를 걸친 노도사는 종남칠선 중 하나인 명유 진인이었다. 배분으로 따지면 무양자와 비슷한 수준에 나이는 오히려 그가 열 살은 더 많았다. 곧 백수를 눈앞에 둔 나이였건만 그 진위가 의심될 정도로 정정한 모습이다.

노인이라 말하기보다는 백년 간 천하검(天河劍)을 극한까지 연마해 낸 노검사(老劍士)라 말하는 편이 어울리는 모습, 전신에서 잘 벼려진 검과 같은 날카로운 예기가 흘러넘치고 있었다.

"예. 그 부분은 확실한 건 아닙니다만, 개봉에서 청의검협의 소문을 작업하던 방도들에게서 당시 추적하던 마인과 비슷한 마인들을 보았다는 보고를 올렸으니 아무래도 그럴 가능성이 높습니다."

질문을 받은 개방의 방도가 공손하게 입을 열었다. 허리춤에 묶인 일곱 개의 매듭이 그가 장로라는 것을 알려주고 있었지만 전대는커녕 전전대에 활동하던 노고수를 상대로 대등하게 대화하려면 용두방주 정도는 데려와야 했다.

"청의검협은 요즘 유명한 그 점창 제자이던가? 그건 그렇다 치고… 작업? 그건 또 무슨 소리인가?"

제자의 이름이 들려오자 그동안 회의에 아무런 관심을 보이지 않던 무양자의 눈에도 호기심이 떠올랐다. 다만 같이 들린 작업이라는 말, 결코 좋은 의미로 쓰인 것 같지는 않았다.

"아, 그것이… 그러니까 어떻게 된 거냐면……."

개방 장로는 무양자의 눈치를 보며 어렵사리 입을 열었다. 그 모습에서 무양자의 기분이 더욱 가라앉았지만 아직 아무런 말도 하지 않은 상대를 핍박할 수는 없는 노릇이기에 무슨 말을 하는지 조금 더 지켜볼 생각이다.

"군웅대회와 천하대전을 앞두고 패천방의 철심검화가 습격을 받았을 때, 미리 마인들을 색출하고자 청의검협을 이용해서 마인들을 끌어내려 한……."

거기까지 들은 무양자는 더 들을 것도 없이 몸을 날려 개방 장로의 멱살을 틀어쥐었다.

몸을 날려 오는 무양자에 기겁한 개방 장로는 몸을 뒤로 빼내려 했지만 취팔선보의 변화가 시작되기도 전에 이미 무양자의 손에 멱살이 잡혀 있었다.

"진인, 그건 어디까지나 그때 군웅대회에 참가한 광풍개가 혼자 주도한 겁니다! 저랑은 관계없습니다!"

멱살이 잡히는 것과 동시에 입이 열렸다. 한 호흡에 몇 마디 말이 연이어 쏟아져 나왔다. 다만 그럼에도 멱살을 단단히 틀어쥔 무양자의 손은 펴질 줄 몰랐다.

"정말입니다! 저도 얼마 전에야 알았습니다! 만약 알았다면 절대 그렇게 놔두지는 않았을 겁니다! 진인, 제발 믿어주십시오!"

무양자는 아무런 대답도 없이 노려보며 기세를 더욱 짙게 피워 올리고 있다. 그렇지 않아도 멱살을 쥔 손에 숨이 막히던 일주운(逸走雲) 양풍은 무양자의 기세에 더욱 다급해졌다.

'제기랄! 광풍개 그놈은 왜 검귀의 제자를 건드려서……!'

원망은 일의 원흉이라고 할 수 있는 광풍개에게 향했다. 같은 구파의 제자를 건드린 것도 문제지만 대체 왜 하필이면 건드려도 명문 정파 출신이면서 성격이 더럽기로 유명한 전대 고수인 점창검귀(點蒼劍鬼) 무양자의 제자를 건드린 건지 알 수 없었다.

물론 당시 광풍개도 단사천에 대한 조사는 했다.

단가의 오대독자, 무양자의 제자, 그리고 점창파의 속가제자 라는 것까지도 알고 있었다.

하지만 크게 문제 될 것은 없다고 여겼다. 황제의 총애를 받으며 중앙 정계를 쥐고 흔드는 단가라고는 하지만 관과 무림의 관계를 생각해볼 때 직접적인 사건이 발생하지 않는 한 문제가 되지 않을 거라고 보았다.

관과의 사이가 좀 나빠지기야 하겠지만 어차피 거지를 보는 관리들의 시선은 고왔던 적은 단 하루도 없었다.

결국 남는 것은 무양자의 이름뿐이었는데 이 또한 실질적인 것이 아니라 어디까지나 구색 맞추기로 여겼다. 단가의 이름과 단가가 점창에 기부한 것에 대해 성의를 보이고자 무양자의 이름을 빌렸을 뿐이라고 생각한 것이다.

무양자는 벌써 십여 년을 산에서 두문불출하고 있었고 무엇보다 나이가 너무 많았다. 여든이라는 나이는 강산이 몇 번이고 바뀔 세월이었고 당장 내일 금분세수(金粉洗手)를 결심해도 이상하지 않을 나이였다.

그 정도나 되는 시간을 홀로 살아오며 제자 하나 두지 않던 무양자가 이제 와서 속가제자 하나를 정말 제자로 삼아 가르칠 거라고는 생각하지 않고 저지른 일이기도 했다.

그런 사정은 몰랐지만 양풍이 슬슬 무릎이라도 꿇고 빌어야 할까 하고 진지하게 고민할 때쯤 건물 바깥에서 고함이 들려왔다.

"적습이다!"

무양자의 시선이 고함이 들려온 방향으로 향하고 멱살을 쥐고 있던 주먹이 풀렸다.

그렇지만 기도는 한층 흉험해졌다.

구파 중에서도 점창파의 무공은 실전적이고 강인한 면모로는 첫손에 꼽힌다지만 지금 무양자의 전신에서 내뿜어지는 기도는 정공이라고 부르기 힘들 정도로 패도적인 것이었다.

"자세한 이야기는 다음에 듣는다."

씹어뱉듯 말하는 무양자이다. 기세가 또 한 번 날카롭게 벼려졌다.

단순히 내뿜는 기세만으로도 살이 베일 것 같았다. 그런 기도를 코앞에서 느끼고 있는 양풍은 어째서 무양자가 검귀라 불리는지 그 이유를 알 것 같았다.

*　　　*　　　*

파라락!

인적 없는 후원에 옷자락 흩날리는 소리가 가득했다. 어둑해진 후원에서 단사천이 천원행을 수련하고 있었다.

발작이 있고 얼마 지나지 않은 시점이었지만 그래도 수련을 거르지는 않았다. 아니 그보다는 오히려 발작이 있기에 더욱 수련에 박차를 가했다.

'집중하자, 집중.'

흩어지려는 정신을 다시 부여잡고 구결을 되뇌며 다음 자세를 떠올리고 몸을 이끌었다.

영기와 영지, 내상 그리고 우선순위는 낮았지만 단목혜가 들고 온 약혼 건까지 여러 문제로 머리는 복잡했지만 그나마 몸을 계속 움직이고 땀을 흘리니 조금씩 잡념도 사라져 갔다.

'곡천혈에 서 푼, 그대로 이어서 상구혈에서 용천혈로 밀어낸다.'

왼발을 크게 내뻗어 앞으로 나서고 오른발을 축으로 버틴다. 진기를 영기의 흐름에 실어 혈을 따라 밀어 보낸다.

텅!

가볍게 디딘 발걸음이 둔중하게 바닥을 울렸다. 그와 함께 발에 밀어 넣었던 내공의 몇 배나 되는 반탄력이 다리에서 치고 올라온다.

자칫하면 내상을 입을 정도로 강렬한 기세지만 걱정은 되지 않았다. 해소하는 방법이 너무나 간단했다.

'발검!'

퀴이이잉! 파앙!

그 힘에 거스르지 않고 허리춤에 매달아놓은 목검을 뽑었다. 가상의 적에게 향하는 최단의 선으로 가로지르는 검이다.

촤아악!

목검이 일으킨 바람에 꽃이 흩날린다. 쥐고 있는 목검이 부러지지 않게끔, 진검을 사용할 때의 반절도 되지 않는 내공을 실었음에도 기세가 맹렬했다.

호체보신결과 무광검도만으로 이루어진 단사천의 무공에 천원행이 더해졌다.

아직은 그 둘에 비하면 어설프지만 가장 필요하고 또 부족하던 조각이 채워진 것이다. 그것만으로도 벌써 효과가 나타나고 있었다.

"도련님!"

다급한 말소리에 고개를 돌리니 멀리서 수련이 멈추기를 기다리고 있던 관일문이 달려오고 있다.

"관 단주?"

"시작된 것 같습니다."

무엇이라는 질문은 할 필요가 없었다. 시야 끄트머리에 있는 화산 봉우리에서 화광이 반짝이고 있었다.

*　　　　*　　　　*

양풍을 뒤로하고 밖으로 나온 무양자는 곳곳에서 피어오르는 불길에 침음을 삼켰다. 적들이 이렇게나 가까이 다가올 때까지 알지 못했다는 데에서 오는 자책이었다.

심지어 마기가 피부를 저릿하게 만들 정도로 짙었다. 그런데도 습격을 당할 때까지 눈치채지 못했다는 점은 상당한 충격으로 다가왔다.

"대체 이게 어떻게 된 일……."

먼저 밖으로 나온 자들의 상황도 비슷했다. 구파와 팔가, 정도를 대표하는 거대 문파의 장로 자리는 노름으로 따낸 것이 아니다.

더욱이 싸움이 있을 것을 알고 이곳에 모인 자들은 각 문파에서 한 손에 꼽히는 무력을 지닌 자들이다.

그런데 단 한 명도 습격이 시작될 때까지 깨닫지 못했다. 무언가 있었다.

"웬 놈들이 감히……!"

"이, 이놈들이……!"

충격으로 굳은 사람만이 있는 것은 아니었다. 화산의 두 장로 추영장과 화운검의 기세가 사납게 뿜어져 나왔다. 넘실거리는 기세에 머리칼까지 흩날릴 정도. 당장에라도 뛰쳐나갈 것 같았지만 둘은 움직이지 않고 고개를 돌려 뒤를 바라보았다.

그 둘의 분노를 지워 버릴 정도로 압도적인 기도가 상궁 안쪽에서 뿜어져 나오고 있었다. 두 장로의 시선이 향한 곳에는 천천히 상궁 문밖으로 걸어 나오는 화산파 장문인 신검(神劍) 태허 진인이 있었다.

"장문인."

두 장로의 목소리가 겹쳤다.

같은 의지, 같은 생각이다. 당장에라도 저 불길이 피어오르는 곳에 달려가 마인들을 베어 넘길 기세였다.

"태청, 태함, 연화동(蓮花洞)에서 준비하고 있는 매화검수들을 이끌고 낙안봉으로 곧장 가도록 해라."

구파 제일 검문을 놓고 다투는 화산장문인, 신검이라는 이름에 걸맞은 위엄이다. 태함과 태청은 말이 떨어지기 무섭게 곧장 움직여 사라졌다. 극성에 이른 암향표의 신법에서 고절한 무위와 다급함이 함께 묻어나왔다.

"장문인, 우린 어찌 움직이면 되겠는가? 화산에서 일어난 일이니 최대한 장문인의 뜻에 따르겠네."

명유가 입을 열었다.

이 자리에 모인 십대문파만 일곱이다. 그나마 개방은 장로 하나만 와 있으니 제외한다고 해도 여섯, 그들이 끌고 온 일류 이상의 무인만 수십이다. 아니, 그럴 것도 없이 지금 여기 모인 장로들만 움직여도 전력으로는 충분했다.

"여러분께는 이곳 연화봉에 오른 마인들을 부탁하겠소이다."

하지만 태허는 연화봉이라는 구체적인 범위를 입에 담으며 전력을 이곳에 남겨둘 의도가 담긴 말을 꺼냈다.

명유와 무양자는 물론이고 소림의 원현이나 무당의 명효에 청성의 적하까지 모두가 혼자서도 전세를 뒤엎을 능력을 지닌 초절정고수들이다. 그럼에도 그들을 움직이지 않는 이유, 이곳이 화산이기 때문이다.

화산의 일은 화산이 알아서 한다.

자존심이고 자신감이다.

습격에 제대로 대응하지도 못하고 연화봉의 소란 수습을 부탁하는 것으로 이미 자존심은 무너진 상황이지만 그렇기에 적어도 적을 격퇴하는 자리에는 다른 이름이 아니라 화산의 이름이 있어야 했다.

명유의 새하얗게 물든 눈썹이 흔들렸지만 별다른 말은 하지 않았다.

이해 못 할 것도 아니었다. 자존심이라는 것, 도문(道門)으로서의 화산파는 모르겠지만 무문(武門)으로서의 화산파에 있어서는 양보할 수 없는 선이었다.

"알겠네. 그럼 일단 우리는 객간(客間)으로 가면서 급한 불을 끄겠네."

"부탁드리겠소."

상궁(上宮)에는 태허 진인이 홀로 남았다. 태허 진인의 시선이 한곳으로 향했다.

불길과 연기가 피어오르고 고통으로 점철된 비명이 귓가를 때렸다. 고요하게 가라앉아 있던 눈이 요동치기 시작했다. 보지 않아도 참상을 상상할 수 있었다. 결국 억누르고 있던 예기(銳氣)가 폭발하듯 풀려 나왔다.

"끈질긴 것들!"

상궁에서 객간으로 향하는 길, 그리 멀지도 않은 거리였지만 벌써 세 번째 싸움이다. 사방에서 나타난 흑의의 습격자들은 다짜고짜 살수를 전개해 왔다.

챙! 채챙!

최소한 두 명, 보통은 서너 명이 한번에 합격해 온다. 사납고 거칠지만 조직적인 움직임이다.

매화검수 정도 되는 일류무인이라도 상대하기 어려울 공격이었지만 습격자들이 상대하는 것은 겨우 그런 수준이 아니었다.

"아미타불."

퍼억.

둔중한 타격 음이 울려 퍼지고 삼 장여의 거리를 두고 달려오던 습격자가 피를 뿜으며 쓰러졌다. 소림 비전의 백보신권이다. 비슷한 상황이 옆에서도 보였다.

명효 진인과 적하 진인이 펼쳐낸 검력의 벽 앞에 습격자들이 너무나 가볍게 쓰러졌다. 습격자 중 누구도 일격을 온전히 받아내는 자가 없었다.

"무량수불."

서걱! 촤악!

가장 장관인 것은 명유 진인의 검이었다.

천하검의 검력이 단번에 적들의 합공을 깨부수며 세 명의 습격자들을 양단했다. 근 백 년에 이르는 시간을 통해 벼려낸 강검의 모습이었다.

습격을 몇 번이나 격퇴하며 발을 옮기니 오래지 않아 객간이 모습을 드러냈다. 객간도 습격을 피하지는 못한 듯 불에 그슬린 흔적과 흑의 무복을 입은 습격자들의 시체가 곳곳에 널려 있다.

"객간에 도착했군. 그럼 이제 여기서는 각자 일행과 합류한 다음 흩어져서 상황을 수습하도록 하지."

한 사람 한 사람의 무력이 이미 과잉 전력이었다. 뭉쳐 움직이는 것보다 흩어져 빠르게 상황을 수습하는 편이 나았다. 가장 먼저 명유가 움직이고 무양자가 그다음이었다.

어디에 일성과 나머지 제자들이 있는지 들은 것은 없지만 혼탁한 투기(鬪氣) 사이로 느껴지는 점창산의 맑은 향이 있었다. 그것을 따라가면 될 것이다.

타닥, 탁!

무양자의 신형이 늘려지듯 허공을 가로질렀다. 한 걸음에 석 장 거리를 뛰어넘으며 점창산의 향을 따라 내달리자 얼마 지나지 않아 날카로운 금속성이 울려 퍼지는 곳에 도착했다.

"사숙!"

이번 여정에 함께한 네 명의 일자배 제자가 모두 있었지만 입을 열 수 있을 정도로 여유가 있는 것은 일성이 유일했다.

숲을 헤치고 나타난 무양자를 발견한 일성의 목소리에 반가움이 묻어 나왔다.

"죽은 녀석은 없구나."

네 사질을 둘러싸고 있던 습격자는 수십 명에 달했지만 그 숫자를 앞두고도 무양자는 산책이라도 나온 듯 편안한 모습이었다.

그 여유가 거슬렸는지 일성을 외의 다른 일자배 제자들을 둘러싸고 있던 습격자들이 무양자를 향해 달려들었다.

후방을 제외한 세 방향에서 몰려드는 습격자들이다. 날카로운 검을 휘두르며 쇄도해 오는 기세가 사납기 그지없었지만 여전히 무양자는 경계를 하기는커녕 여유로운 모습을 유지한 채 습격자들이 쇄도해 오는 방향으로 천천히 걸음을 옮겼다.

좌아악!

사나운 기세로 달려들던 습격자들이 갑작스레 쓰러졌다. 목, 가슴, 허리 등 베인 부분은 제각각이지만 일격을 버텨낸 흑의마인은 하나도 없었다.

단 일 수에 몇 배나 되던 습격자의 숫자가 절반 이하로 줄었다.

자연히 일자배 제자들을 향하던 압력도 해소되었고, 일성 외의 일도나 일양, 일향도 여유를 찾을 수 있었다.

"크흣, 과연 검귀의 이름이 허명은 아니구나."

카랑카랑한 목소리가 담장 너머에서 들려왔다.

휙 고개를 돌린 무양자의 얼굴에 옅은 긴장이 서렸다. 수십 명의 흑의인에 둘러싸여 있을 때도 여유롭던 무양자였지만 담장 너머에서 모습을 드러낸 한 노인을 앞두고 옅게나마 긴장한 것이다.

"아무래도 혈형천마인(血型千魔人) 따위로는 안 되겠어."

굽은 등과 백발, 주름 가득한 얼굴, 하지만 그럼에도 경시할 수 없는 것은 그 작은 체구에서 뿜어져 나오는 살기와 마기 때문이었다.

밤하늘을 더욱 어둡게 물들이고 있는 짙은 마기와 그 손에 쥐어진 물건이 보잘것없는 그 모습을 마치 지옥의 악귀처럼 보이게 했다.

더운 피가 뚝뚝 떨어지는 두 자 남짓한 길이의 기형검이다. 검날이 마치 갈고리같이 휘어져 과(戈)의 그것과 닮아 있다. 거기에 중앙에 뚫린 구멍에서 비롯되는 마기와 사기(邪氣). 떠오르는 마병(魔兵)의 이름이 있었다.

삼독검(三毒劍).

불가에서 말하는 인간을 고통 받게 하는 원인이자 해탈을 방해하는 탐욕, 분노, 어리석음의 삼독(三毒)에서 이름을 따온 마검이다.

그것은 그 자체로도 위험한 마물이지만 그 주인이야말로 경계하지 않으면 안 될 위험인물이었다.

"삼독검… 수라문이냐?"

천하를 떠들썩하게 만드는 세 이름 중 하나가 무양자의 입에서 나왔다.

"크흐훗, 알아보겠느냐?"

노마(老魔)가 괴소를 흘리며 검을 흔들었다. 그러자 검에서 흘러나오던 기운이 한층 더 진해졌다.

무양자의 눈가가 꿈틀거렸다. 검에서부터 풍겨져 나오는 귀기와 마기가 그의 내공마저 흔들고 있었다.

천룡무상공(天龍無上功)으로 단단하게 다져놓은 그의 내공마저 흔들린다는 것은 저기서 아직도 싸우고 있는 일자배 네 제자의 상황은 더 심각하다는 소리였다.

상황을 보니 겨우 되찾은 여유를 다시 잃어버린 것이 보였다. 그에 비해 숫자로 겨우 버티던 흑의마인들은 삼독검을 든 노마가 흩뿌리는 마기에 더욱 사납게 움직이고 있었다. 간신히 균형은 유지하고 있지만 그 이상은 불가능했다.

"갈!"

일성에 신공의 기운을 실어 내지르자 검은 안개처럼 짙던 마기와 귀기가 흩어졌다. 일성을 비롯한 일자배 제자들의 검에 힘이 돌아오고 흑의마인들이 다시 열세로 돌아섰다. 하지만 오래가지는 못할 것이다.

눈앞에서 삼독검을 들고 웃고 있는 노마를 처리하지 못하면 얼마 지나지 않아 뿜어져 나오는 마기가 다시 주변을 잠식할 터였다.

"그걸 들고 있는 걸 보면 네놈이 귀면수라(鬼面修羅)겠구나. 네놈이 얼마나 하는지는 모르겠지만 적어도 삼독검을 들고 있으니 기대할 만하겠지? 덤벼라. 내가 직접 죽여주마."

여든의 나이와 점창파 장로라는 신분에 어울리지 않는 파격적인 발언에 귀면수라는 즐거운 듯 킬킬 웃었다.

"그렇지 않아도 그럴 생각이었다."

말이 끝나기가 무섭게 귀면수라가 매섭게 짓쳐 들어왔다.

쉬이이익!

검날 중간에 뚫린 구멍으로 바람이 지나가며 비명 소리 같은 귀명(鬼鳴)이 울려 퍼졌다. 귀기와 마기가 섞인 귀명에 절로 몸이 움츠러들었다.

카아앙!

무양자의 검이 삼독검과 부딪치며 날카로운 금속성과 불꽃을 피워 올렸다. 무양자의 눈살이 찌푸려졌다. 무광검도의 쾌검을 막아낸 것 때문이 아니었다. 검을 쥔 손을 타고 올라오는 독기(毒氣) 탓이었다.

천룡무상공에 호체보신결, 두 개의 신공이 보호하고 있는 혈맥에 작지 않은 충격과 함께 독기가 스며들었다.

"오오, 빠르군, 빨라."

절그럭.

검을 빼내려 했지만 갈고리처럼 휘어진 부분에 검날이 걸렸다. 기껏해야 찰나의 아주 작은 작은 빈틈이었다. 그 틈새로 귀면수라의 좌수가 짓쳐들어왔다.

무양자가 황급히 눕듯 허리를 뒤로 꺾었다. 간발의 차로 넓게 벌린 손가락을 피했지만 도포 위로 두른 겉옷이 찢겨 흩날렸다.

채앵!

허리를 다시 튕겨 올리며 검을 강하게 밀어 귀면수라를 튕겨낸다. 훌쩍 뛰어 물러나는 귀면수라를 향해 좌보를 앞으로 내디디며 검을 내쳤다.

퀴이이잉! 파아앙!

무양자와 귀면수라를 잇는 짙은 흑색의 검기로 이루어진 선이 생겨났다.

눈을 깜빡이지도 않았지만 대체 언제 이어진 것인지 알 수 없는 검기가 귀면수라의 어깨를 스치고 지나갔다. 날카롭기 그지없는 검기가 스치고 지나간 자리에서 피가 터져 나왔지만 그래봐야 피부가 조금 크게 벌어진 수준이다.

목을 노린 일격이었건만 두 치 이상 빗나가 어깨를 스쳤다. 귀면수라가 검격에 반응해 몸을 피한 것도 아니었다. 귀면수라는 무양자가 내친 검의 속도에 전혀 반응하지 못했다. 무언가 다른 것이 있었다.

하지만 그것을 꿰뚫어 볼 수가 없었다. 방금 일격을 어긋나게 만든 술수가 삼독검의 능력인지 아니면 귀면수라가 다른 사술을 부리고 있는 것인지 알 수 없었다.

"귀찮아질지도 모르겠는데… 조금 더 버텨라! 무리하지 마!"

무양자는 뒤도 돌아보지 않고 소리쳤다. 귀면수라만 한 고수를 상대로 틈을 보이지 않기 위한 것도 있었지만 기본은 믿음이다.

일성은 물론이고 일도와 일양, 일향 모두가 몇 번이나 강호를 겪어본 제자들이다. 긴 말은 필요 없었다.

"이제부터 진심으로 할 셈인가? 이거 나 같은 잡졸은 무서워서 살 수가 있나."

뒤로 물러나며 엄살을 피우는데 얼굴은 웃고 있다. 말에도 비꼬는 투가 역력해 두려움은 찾아볼 수 없었다.

도발을 하려던 것이지만 무양자는 무심히 검을 검갑으로 되돌리고 자세를 잡을 뿐이었다. 단사천의 그것과는 확연히 다른 무양자의 무광검도 발검세(拔劍勢)였다.

"뭐냐, 그 자세는? 놀릴 셈이냐? 제대로 하지 못할까!"

검을 되돌리는 무양자의 모습에 오히려 도발을 걸어온 귀면수라의 얼굴이 일그러졌다.

수라문의 마인이란 모두 그랬다. 이기기 위해 수단을 가리지 않지만 그 승리에 대한 욕심 이상으로 강한 무인을 꺾고 강한 무공을 겪는 것을 바랐다. 싸움을 좇는 수라의 이름을 자처하는 마인다운 어긋남이다.

"걱정하지 마라. 곧 점창 제일의 쾌검을 보여줄 테니."

사납게 얼굴을 일그러뜨린 귀면수라를 상대로 무양자는 담담히 말했지만 그 말에 귀면수라는 더욱 흉포한 기세를 피워 올렸다.

"납검을 하고 무슨 헛소리냐! 분광검에도 사일검에도 납검을 한 상태로 시작하는 초식이 있다는 걸 듣지 못했거늘!"

"점창의 검이 그 두 가지만 있는 건 아니지."

"장난을 칠 셈이라면 그냥 뒈져라!"

결국에는 더욱 얼굴을 일그러뜨리며 신형을 날린 귀면수라를 노려보며 무양자는 의식을 집중했다.

귀면수라의 말처럼 검을 검집에 넣고 뽑는 것과 이미 뽑은 상태에서 휘두르는 것 중 말할 것도 없이 후자가 더 빠르다. 하지만 무광검도는 그 상식을 벗어난다.

설명할 필요는 없었다. 귀면수라가 무양자의 말을 이해하기까지는 한 번의 참격이면 충분했다.

좌보출천(左步出天), 천원행의 진결로 발을 내딛고 천룡무상공과 호체보신결의 구결로 혈맥을 보호한다. 그다음이 무광백련검기의 차례다.

마기로도 착각할 것 같은 짙은 흑색의 검기(劍氣)가 비좁은 혈도를 따라 내달렸다.

단전에서 시작해 혈을 지나칠 때마다 충격이 전신을 울린다. 멈추지 않고 그저 내달리는 폭급한 진기가 검에 닿은 것은 귀면수라의 발이 완전히 땅에서 떨어지기도 전이었다.

꽈아아아아앙!

무지막지한 폭발음과 함께 허공에 거칠게 도려낸 것 같은 검은 상흔이 남는다. 그것으로 끝이 아니다. 폭발음과 함께 밀려난 공기가 허공에 남은 그 새까만 상흔으로 몰려든다.

바람 한 점 불지 않던 고요한 공간이 폭풍이라도 지나간 것처럼 변했다.

소리의 속도를 아득히 뛰어넘은 속력, 무양자가 말한 그대로다. 천하 최속의 쾌검, 빛을 가른다는 분광검도, 해를 쏘아 떨어뜨린다는 사일검도 닿을 수 없는 경지를 너무나도 쉽게 내보인다.

무광검도의 세 번째 단계이자 무공명의 이유인 마지막 단계 무광(無光)의 검.

인간을 위한 수련 도구로서의 검이 아닌 오로지 그 앞을 향하기 위해 만들어진 검의 길(劍道)의 본모습이었다.

"으음……."

일순간 싸움이 멎었다. 일자배 제자들은 물론이고 싸움에 미친 귀신이라는 수라문의 마인들도 무양자의 검이 만들어낸 광경에 시선을 빼앗겼다. 그럴 만한 위력이었다.

오 장여 거리를 꿰뚫고 그 주변 나무를 모조리 부러뜨려 버렸다. 겨우 일격에서 비롯된 것이라고는 믿기 힘들었다. 다만 그 광경을 만들어낸 장본인은 다른 것을 보고 있었다.

무양자가 자신의 손을 내려다보았다. 무광(無光)의 검을 펼친 순간에 가해진 충격은 근 팔십 년 세월로 갈고닦은 신공으로도 온전히 해소할 수 없어 점창 특유의 세검을 쥔 손이 잘게 흔들리고 있었다.

한 번 검을 내칠 때마다 무양자 정도 되는 초절정고수가 내상을 입는다. 가히 마공이었다.

"그건 그렇고… 또 빗나갔군."

무양자가 아직도 떨리는 손에서 시선을 떼고 검력에 휘말렸음에도 여전히 마기와 독기를 한껏 뿜어내고 있는 귀면수라를 바라봤다.

빠르게 상황을 정리하기 위해 죽일 생각으로 내친 전력의 일격이었음에도 귀면수라는 멀쩡히 일어났다.

그래도 전혀 피해가 없는 것은 아닌지 한껏 일그러진 얼굴은 핏기가 사라져 창백했고 넝마가 되어버린 흑색 무복은 곳곳이 피로 얼룩졌다. 거기에 입가를 따라 흐르는 핏물이 내상까지 입었음을 보여주고 있다.

하지만 그럼에도 귀면수라는 웃었다.

"캇하하하하하! 이거 정말로 점창파의 무공이냐? 혼천종 놈들이 만들었다고 해도 믿겠는데?"

입으로 적지 않은 피를 토하면서도 웃음을 멈추지 않는 모습에서 광기가 느껴졌다. 웃음이 갑작스레 멈췄다. 굳은 얼굴로 몇 번 밭은기침을 하더니 시꺼멓게 죽은피를 내뱉었다.

"카악! 퉤! 이 무공 이름은 뭐지?"

한결 편해진 음색으로 물어오는 귀면수라에 무양자는 검을 쥔 손에 힘을 더해 떨림을 억누르고 납검한 뒤 입을 열었다.

"무광검도."

짧게 답한 뒤 검병을 강하게 쥐고 다시 발검세로 돌아갔다. 슬쩍 본 일성과 다른 제자들의 상태가 그리 좋지 않아 보였다. 특히 무공이 처지는 일향의 경우 치명상만 간신히 피했을 뿐 언제 쓰러져도 이상하지 않은 상황이었다.

최대한 빨리 우두머리로 보이는 귀면수라를 정리하고 가세해야 했다.

"그런 이름인가."

깊게 숨을 내쉰 귀면수라가 짓쳐 들었다. 뒤를 남기지 않은 검격이다. 내뿜는 마기와 독기에 사위를 밝히는 불길마저 사라진 것 같았다.

퀴이이잉! 파앙!

하지만 그보다 진한 흑색의 선이 귀면수라의 검으로 이어지자 그 자리에 그대로 멈췄다.

무음이다.

무광의 속도와 파괴력에 비할 수는 없지만 내상을 입은 귀면수라에게는 이것만으로도 충분했다.

가슴에 횡으로 길게 상처가 났다. 하지만 곧 귀면수라의 발이 다시 움직였다.

"캇핫핫! 이건 싱겁다! 다시 그걸 보여다오, 검귀!"

입으로 붉고 검은 피를 연거푸 토해내면서도 귀면수라의 얼굴에 걸린 웃음은 지워지지 않았다.

"흡!"

퀴이이잉, 파앙!

여전히 무음이지만 직전보다 반배는 더 빠르게 내친 검에 귀면수라의 팔 하나가 날아갔다. 귀면수라를 향해 내친 검 중 처음으로 직격한 검격이다.

무양자의 눈이 빛났다. 귀면수라는 떨어져 나간 팔을 무시하고 짓쳐 들고 있었지만 거리를 일그러뜨리던 사술이 사라졌다면 아직 남은 이 장여의 거리는 충분히 길었다.

퀴이이잉! 파앙!

무음과 무광의 중간, 소량의 무광검기만을 사용한 일격이었지만 이미 무음의 속도에도 반응하지 못하던 귀면수라이다. 목 바로 아래에서부터 하복부까지 검흔이 깨끗하게 새겨졌다.

검이 지나간 자리는 무양자의 검 실력에 걸맞게 깨끗했지만 뒤따른 충격이 상처를 헤집었다. 붉은 선혈과 함께 내장이 갈라진 틈새에서 꾸역꾸역 밀려 나왔다.

귀면수라의 몸이 허물어졌다.

"이런… 썩을……."

땅바닥에 처박힌 귀면수라의 입이 열렸다. 작은 목소리, 후회라도 하는 것인가 싶었지만 아니었다.

"요영귀장(妖影鬼帳)도 망가지고 반혈독도 안 통하다니… 이 따위 괴물을 어찌 이기라고… 재수도 없지."

피와 함께 불평을 내뱉는다. 다만 그렇게 말하는 귀면수라의 얼굴은 만족스러워 보였다.

죽기 위한 싸움, 만족할 수 있는 싸움을 원했고 얻었다. 천하제일이라고 부를 수는 없을지 모르지만 적어도 천하 최속의 검에 죽었다는 것에 만족한 채 귀면수라의 눈이 감겼다.

귀면수라가 쓰러지자 전황도 바뀌기 시작했다. 삼독검의 귀명에서 얻던 힘이 사라진 것이 문제인지, 아니면 우두머리인 귀면수라가 몇 합 겨루지도 못하고 일방적으로 밀리다 쓰러진 탓인지 흑의마인들의 기세가 한 풀 꺾여 있다.

언제 밀렸냐는 듯 일성이 흑의마인들 사이를 무인지경으로 휩쓸고 있었다.

가만히 놔두어도 될 것 같았지만 조금 더 빨리 상황을 정리하기 위해 무양자가 움직였다.

서걱! 촤악!

검격 하나에 두셋씩 마인들이 쓰러지니 조용해지는 것은 금방이었다. 귀면수라가 쓰러지고 반의반 각도 지나지 않아 상황이 종료되었다.

"…사숙, 감사합니다."

일성의 목소리에 지친 기색이 역력했다. 일성 뒤로 보이는 흙바닥에 지쳐 쓰러진 다른 세 제자에 비해 훨씬 나은 상황이 기는 했지만 곧장 다른 곳을 도우러 움직일 수는 없을 것 같았다.

"일단 조금 안전한 곳에서 쉬도록 하자."

"저희는 괜찮습니다. 사숙께서는 다른 곳으로……."

"시끄럽다."

일성의 말을 자르고 쓰러진 일향과 일양을 부축해 걸음을 옮겼다.

연화봉 전체에서 불길이 치솟는 지금 안전한 곳이 어디 있겠느냐마는 그래도 시체가 널브러진 이곳보다는 길이 닦이지 않은 숲 속이라면 그나마 나을 것이다.

얼마간 숲 안쪽으로 들어서자 화광도 잘 보이지 않는 어둠이 그들을 숨겨주었다. 이 정도면 보초 하나를 세우고 돌아가며 운기를 하면 될 것 같다 생각한 그때, 저 먼 곳에서 전신을 뒤흔드는 포효와 함께 오금을 저릿하게 만드는 존재감이 엄습해 왔다.

무양자마저 한순간 다리에 힘이 풀릴 지경이었다.

일성은 입술을 깨물고 내공을 끌어올려 저항하려 했지만 지칠 대로 지친 육신으로 버티는 것에는 한계가 있었다. 결국

다리가 풀리는 것을 막을 수 없었다.

털썩 무릎이 땅에 닿고 손이 땅을 짚었다. 다시 일어나려 해도 근육이 의지를 배신하고 굳어 버렸다.

일도와 일양, 일향 두 사제는 조금 더 심각한 상황이었다. 포효 한 번에 그대로 내상을 입은 것이다.

아연한 눈빛 다섯 쌍이 남쪽 낙안봉을 향했다.

八. 포효

어두워진 밤, 단사천의 방에 세 여인이 모두 모였다.

제각각의 속내는 조금씩 다를지도 모르지만 적어도 겉으로 내세운 이유는 습격이 시작되고 따로 있는 것보다는 함께 모여 있는 편이 안전하다는 이유에서였다.

"그런데 단목 소저가 함께 있어도 괜찮은가요? 문제가 생기지 않을지 걱정되네요."

무설이 서이령의 품 안에서 하품을 하고 있는 현백기를 보며 입을 열었다.

동흥왕, 겉으로 드러나지 않은 왕의 존재는 극비였다. 때문에 그들도 산동에서 배를 탈 때까지 금의위의 감시를 받지 않았던가.

자신들은 비밀 엄수를 약속하고 계속 동행하는 것을 허락받았으니 괜찮다지만, 단목혜와 새로 합류한 용위단은 문제가 되지 않겠냐는 물음이다.

원래는 좀 더 빠르게 해결해야 할 문제였지만 첫 만남이 너무 강렬해 잠시 잊고 있던 문제였다.

"무슨 문제요? 아, 혹시 거기 계신 동홍왕 전하에 관한 거라면 괜한 걱정이라고 해둘게요."

하지만 단목혜는 대수롭지 않다는 듯 현백기의 왕명(王名)을 입에 담았다. 황제 직속 금의위라도 엄선된 자에게만 허락되는 비밀이 저잣거리 소문처럼 쉽게 흘러나왔다.

"소저가 그걸 어떻게 아십니까? 왕야의 존재는 극비일 텐데……."

말을 꺼낸 무설은 물론이고 단사천과 서이령도 놀랐다. 당사자인 현백기만이 아무래도 상관없다는 듯 이젠 눈을 감고 잠들 준비를 하고 있었다.

"그야 당연히 알죠. 저희 가문이 어디라고 생각하세요?"

황실의 극비, 엄선된 자에게만 허락되는 비밀이라지만 그렇게 따지자면 그녀는 충분히 엄선된 자였다. 현재 금의위를 총괄하는 단목장군가의 후계자가 금의위의 비밀을 모른다면 그것도 이상했다.

"아무튼 그래서 그게 걱정이시라면 저는 여기 있어도 되는 거겠죠? 그리고 제 입장에서는 무 소저가 이 방에 계시는 게 더 어떨까 싶네요. 서 소저는 의원이라지만 무 소저는 말 그대로 외간 여자잖아요? 아무리 무림인이라지만 남자의 방에 막 들어오는 것도 문제가 아닐까요?"

그러면서 슬쩍 단사천의 옆으로 더욱 달라붙는 단목혜였다. 잠시 당황하던 무설도 단사천의 반대편에 달라붙으며 입을 열었다.

"그러는 단목 소저도 아직은 저희랑 같은 외간 여자 아닌가요?"

"저는 약혼녀인데요?"

"혼담만 보내고 양가 부모의 허락도 없는데 약혼녀라뇨?"

웃고 있지만 웃는 것 같지 않은 기세가 양쪽에서 피어오르자 단사천은 한숨을 내쉬었다. 그나마 중재를 할 수 있을 것 같은 서이령과 현백기를 향해 구원의 눈빛을 보내보았지만 서이령은 양옆에 자리한 두 여성을 향한 부러움을 숨기지 않고 있고 그녀의 품에 있는 현백기는 그런 것에는 관심 없다는 듯 당장에라도 잠들 것처럼 늘어져 있다.

결국 헛된 저항을 포기하고 명상이라도 하려 할 때였다.

현백기가 갑작스레 눈을 크게 뜨며 신음을 흘렸다.

"으윽!"

"왜 그러십니까?"

가장 먼저 현백기의 이상을 알아차린 것은 서이령이었다. 그녀의 품속에서 꾸벅꾸벅 졸고 있던 현백기가 털을 곤두세우며 몸을 떨고 있는 모습에 곧 일행 모두가 의아해했지만 이내 그 이유를 알 수 있었다.

"……!!"

심혼이 얼어붙을 것 같은 끔찍한 포효였다. 적의가 담겨 있는 것도 아닌, 단순한 존재감을 드러내는 포효임에도 마인들이 내뿜던 살기와 투기는 장난처럼 느껴질 정도로 소름 끼치는 압박감이 전신을 내리눌렀다.

저 멀리서 들려온 포효에 보신결의 진기가 흔들렸다. 칠심의 경지에 들며 육신이 이미 인간의 한계를 벗어났다. 영기를 받아들인 신체는 인간의 한계는 물론이고 생물의 한계마저 가뿐히 넘어섰지만 그럼에도 흔들린다.

이 포효의 주인이 현백기가 말한 그 존재라면 왜 현백기가 그것을 괴물이라 부르는지 이해할 수 있었다.

"…이게 왕야께서 말씀하신 그 영지의 주인입니까?"

흔들린 내기를 바로잡고 우선적으로 상황에 대한 해답을 내놓을 수 있을 현백기를 살폈다.

포식자의 존재감에 짓눌려 아직 혼란을 수습하지 못한 모습이다.

태산의 영기를 공명시켜 냉기를 뿜어냈다. 인간과 혈도가
달라 진기도인을 할 수 없으니 차선책으로 선택한 방법이다.

차갑게 가라앉은 공기에 겨우 정신을 수습했는지 부풀어
올랐던 털은 가라앉았지만 여전히 현백기의 눈에서는 낭패와
공포의 잔재가 어지럽게 소용돌이치고 있었다.

"그래, 맞기는 한데… 대체 어떤 미친놈들이 그 괴물을 화나
게 한 거지?"

간신히 입을 열어 답했지만 말에 힘이 없었다. 어떻게든 냉
정해지려 하지만 여전히 여유를 되찾지는 못하고 있었다.

"단 공자, 왕야, 방금 그게……."

맞닿은 팔에서 올라오는 싸늘한 영기에 정신을 차린 무설
이 떨리는 목소리로 입을 열었지만 제대로 끝맺지는 못했다.
다시 한 번 울려 퍼진 포효가 산천초목을 뒤흔들었다.

"꺅!"

직전에 비하면 옅은 존재감이지만 여전히 무시무시한 포효
였다. 겨우 정신을 차린 무설이 품 안으로 파고들었다가 스스
로의 행동에 놀라 빠르게 떨어졌다. 무설의 얼굴이 붉게 달아
올라 있다.

"도련님! 아가씨! 괜찮으십니까!"

쾅!

문을 거칠게 열고 장삼이 뛰어들어 왔다. 그들의 얼굴에도 놀란 기색이 역력했다.

"저희는 괜찮아요. 바깥은요?"

대답을 한 건 단목혜였다. 단사천을 제외하면 가장 멀쩡한 모습이다.

"바깥도 난리입니다. 무공을 모르는 자들 중에는 혼절하는 사람까지 나올 정도입니다. 대체 이게 무슨 일인지……."

식당을 겸하는 1층의 지금 상황은 그야말로 난장판이었다. 내공이 없는 일반인들은 식사에 반주를 곁들이다가 혼절하거나 힘이 풀려 쓰러지며 술이며 음식이 바닥에 쏟아졌다.

그나마 호위들은 상태가 낫다지만 그들도 멀쩡하지는 않았다. 뻣뻣하게 굳은 호위들 사이로 관일문이 바쁘게 움직이고 있었다.

"별일이 없으시다면 다행입니다. 저는 일단 1층 상황을 수습하고 있겠습니다."

이상이 없음을 확인한 장삼은 그렇게 말하고 물러났다. 계속 이 층에 있는 것보다는 1층의 소란을 먼저 정리하고 인원을 제대로 배치하는 것이 나았다.

문이 닫히자 현백기가 입을 열었다. 장삼이 방 안에 있는 동안 정체를 감추기 위해 조용한가 싶었더니 그새 정신을 정리한 듯 흔들림이 거의 가라앉은 상태였다.

"뭔가 이상하다."

현백기가 그렇게 말하며 탁자 위로 올라왔다.

"뭐가 말입니까?"

"울음소리 말이다. 어차피 인간인 너희가 듣기에는 다 똑같을지 모르겠지만……."

소름 끼친 포효를 다시 떠올린 것인지 현백기가 몸을 부르르 떨면서 말했다. 무설과 단목혜는 현백기의 말에 눈을 빛냈다.

"경고도 위협도 아니었다. 그런 것이 아니라… 뭐랄까, 두려워하는 것 같은 그런 울음이었단 말이지."

현백기의 말에는 확신이 없었다. 그 울음을 몇 번이나 되새겨 보아도 정말로 그 울음이 두려움을 품고 도움을 원하고 있는 것인지를 확신할 수 없었다.

그가 기억하는 화산의 주인, 산군의 모습은 백색과 황색의 털이 마치 황금처럼 빛나는 대호였다. 황소보다 큰 몸집에 강철도 종잇장처럼 찢어발기는 이빨과 발톱, 승천을 앞둔 영물인 그것을 무엇이 있어 위협할 수 있는지 상상할 수가 없었다.

"그런 영물마저 위협할 수 있을 정도라니, 역시 올라가지 않기를 잘했습니다."

현백기의 고민과는 별개로 단사천은 현백기의 말에 만족하고 있었다. 현백기가 말할 때는 화산 영지의 주인이 얼마나 되는 괴물인지 몰랐지만 이 포효 한 번으로 깨달았다.

그리고 그런 영물을 위협할 정도의 것이 화산에 있다는 것에 놀랐고 동시에 안도했다. 어쨌거나 그는 지금 저기 불길이 치솟는 화산의 봉우리에 있는 것이 아니라 몇 리는 떨어진 산 아래에 있었으니까.

"걱정도 안 되세요?"

겨우 얼굴을 식힌 무설이 그렇게 물었지만 단사천은 아무렇지도 않게 답했다.

"누구를요?"

"사부님이라던가, 사형제들이라던가……."

무설의 말에 단사천은 그제야 고민하기 시작했다. 하지만 고민은 그리 길게 이어지지 않았다.

"사형제들이라면 조금 걱정되기는 하지만… 사부님이 계시니 괜찮을 겁니다."

말하면서도 쓴웃음이 떠올랐다. 걱정이야 당연히 된다. 저 포효의 주인은 상상도 하기 힘들 정도로 강할 것이 분명했으니까.

하지만 몇 년 동안이나 무양자의 밑에서 무광검도를 수련하면서 그 옷깃조차 건드리지 못했다. 호체보신결이 더욱 깊어지고 무광검도가 손에 익어도 그건 변하지 않았다.

당장 며칠 전에 한 비무도 비슷했다. 내공 대부분을 묶어버린 천심단을 변명으로 삼을 수도 있지만 내공 전체를 사용할 수 있었더라도 변할 것은 없었을 것 같았다.

지금 화산이 위험하다지만 그래도 무양자가 그의 도움이 필요할 정도로 다치는 것은 생각하기 힘들었다. 오히려 무양자가 걱정되어 화산에 오르면 태연하게 왜 올라왔느냐고 물을 모습이 눈에 선했다.

"……"

물론 무설은 단순히 화산에 올라가기 싫어 그렇게 말하는 거라 생각하고 있는 것 같았지만 굳이 그 오해를 풀 생각은 없었다. 딱히 오해도 아니었고.

아직도 몸속의 영기가 들끓고 있었다. 포효만으로 이런 상황인데 괜히 산에 올랐다가 눈에 띄어 엮이는 것은 사양이다.

"끄응……"

두 사람이 대화하는 와중에도 현백기는 계속 고민하고 있었다. 사람들로는 느낄 수 없는 영기의 파동과 거기에 실린 감정 때문이었다.

'무슨 짓을 한 건지는 모르겠지만… 정말로 파군이 위험하다니……'

화산의 영기에 실린 미약한 감정들이 현백기를 뒤흔들고 있었다. 방금 전의 포효, 그건 사람으로 따지자면 비명에 가까운 울음이었다. 이렇게 영기에 섞인 감정을 보고 있노라면 점차 확실해졌다.

종이 다르고 먹이사슬의 위아래로 얽힌 관계라고는 하지만 영성을 얻고 지성을 갖춘 몇 되지 않는 수행의 동류이기도 했다.

현백기가 수백 년에 걸쳐 쌓은 수련으로 겨우 영성과 지성을 얻은 것처럼 화산 영지의 주인 납탑파군도 범으로써 쌓은 살업을 씻고 영성과 지성을 얻기 위해 근 오백 년의 세월을 수련으로 살아온 것을 알고 있기에 그저 무시할 수만은 없었다.

"에잉!"

답답한 속을 풀어내기 위해 신경질적인 소리를 내뱉고 목덜미를 마구 긁어보지만 그래도 꽉 막힌 듯 걸린 것이 사라지지 않았다.

"하아……!"

한참을 긁어도 답답함이 사라지지 않아 한숨을 내쉬었다. 현백기의 행동에 시선이 모였다.

"아무래도 올라가야겠다."

"예?"

"왕야?"

이상한 행동을 하더니 갑작스레 내뱉는 말에 네 사람의 얼굴에 황당함이 떠올랐다.

"갑자기 그런 말씀을 하신 이유를 알 수 있겠습니까?"

그나마 먼저 정신을 차린 서이령이 이유를 물었다. 화산 낙안봉에는 결코 가까이 가지 않겠다는 약속을 받아내고서야 화산을 오를 수 있었다. 그런데 그 장본인이 이렇게 말한 것에는 뭔가 이유가 있을 터였다.

"이유라…… 나도 사실은 올라가고 싶지는 않은데 말이야."

"그런데 왜 그러십니까?"

재차 한숨을 내쉰 현백기의 눈이 복잡하게 흔들렸다.

"저 산 위에 있는 영지… 그러니까 화산에 있는 호랑이의 이름은 납탑파군이라고 한다. 대충 오백 년은 넘게 산 녀석이지."

현백기는 갑작스레 이야기를 시작했다. 납탑파군이라는 이름을 꺼내곤 과거를 보고 있는 것 같은 눈동자로 말을 이어갔다.

"대충 삼백 하고 몇 십 년쯤 전일 거다. 저놈이 화산에 자리를 잡은 건."

삼백 년도 더 지난 이야기는 현백기에게도 꽤나 과거였지만 사람에게는 와 닿지 않는 세월이었다.

"제 이름에 걸맞은 놈이었지. 파군, 불길한 별자리 밑에서 태어나 타고난 살기에 취해서는 제 놈보다 강하든 약하든 눈에 보이는 것은 뭐든지 물어뜯어 죽이려던 놈이었으니까."

파군이라는 이름은 북두칠성의 하나인 일곱째 별 요광성(搖光星)을 달리 이르는 말이기도 하다. 죽음을 결정하는 별이라 하여 불길함의 상징이 되는 별이다.

그런 별자리 밑에서 태어난 것이라면 마물이며 괴물이라 불러도 이상할 것이 없었다.

"그러다가 어느 날 놈이 뭐라도 깨달았는지 이 산 영지에 틀어박혀서 진득하게 살기를 씻어내더군. 이제는 예전처럼 사납지는 않다고 하지만 그래도 나를 포함해서 그때를 기억하는 놈들은 화산에 얼씬도 하지 않는다."

"그것과 왕야께서 산에 올라가시려는 것에 무슨 상관이라도 있는 건가요?"

무설이 입을 열었다. 현백기가 풀어낸 이야기는 신기했지만 현백기가 화산에 오기 싫어하던 이유만 담겨 있지 산에 오르겠다는 것과는 관계가 없었다.

"녀석은 벌써 삼백 년이나 살기와 그 기운을 억눌러 왔다. 육식도 피하고 살업을 씻어내려 노력했지. 이제는 살기가 아니라 영기를 두를 수 있을 정도까지 왔다. 그런데 녀석의 울음에서는 영기가 아니라 살기에 마기가 묻어나왔어."

현백기는 꽤나 심각한 얼굴로 그렇게 말했다. 그 분위기에 말을 꺼낸 무설은 그대로 뒤로 물러섰다.

"뭔 짓을 했는지는 모르겠지만 아마… 아니, 분명히 영지에 장난을 치고 다니는 그 깜둥이 놈들이겠지. 영지도 망가진 것 같지만 그건 큰 문제가 아니야. 중요한 건 납탑파군 그 호랑이가 날뛸지도 모른다는 거지."

"그러면 더 올라가면 안 되는 게……."

"그래서 올라가는 거다. 아직은 내가 손을 쓸 수 있으니까. 삼백 년 동안 억눌러 온 놈의 본성이 날뛰기 시작하면 저 위의 인간들로는 막을 수 없다."

숨을 고른 것인지 아니면 감정을 토해내는 것인지 깊게 한숨을 내쉰 현백기는 조금 담담해진 말투로 다시 말을 이었다.

"물론 일이 잘못된다면 그대로 도망칠 생각이다. 나도 죽기는 싫으니까. 하지만 아무것도 해보지 않고 산 아래에서 인간들에게만 떠넘길 생각은 없다."

오지랖이라고 할 수도 있을지 모르지만 현백기의 그런 성격 덕에 단사천은 이렇게 도움을 받아왔다. 무어라 말하기 힘들었다.

그런 단사천의 고민을 아는지 모르는지 현백기는 몸을 빙글 돌려 그를 바라보고 말을 이어갔다.

"본의는 아니지만 내뱉은 말도 지키지 못했구나. 마지막까지 도와주지 못해 미안하다."

거기까지 말한 현백기는 작은 고개를 푹 숙였다.

객사는 면하게 해주겠다던 그 말을 지키지 못한 것에 대한 낙담과 미안함이 그대로 느껴지는 모습이었다.

현백기의 사과를 들으며 단사천은 생각에 잠겼다.

얼마 전 겪었던 영기의 발작으로 지금 그가 처한 상황이 얼마나 위험한지, 그리고 얼마나 불안정한지 깨달았다.

당장 내일이라도 영기가 폭주할 수 있었고 그 발작의 영향으로 차갑게 얼어 죽거나 전신이 나무처럼 굳어버릴 수도 있었다.

살아 있다고 안심할 수 없는 나날, 하루하루 언제 영기가 발작할지 걱정하며 산다는 것은 그의 보신주의에 완벽하게 대극을 이루는 것이었다.

거기까지 생각을 마친 단사천은 고개를 흔들었다.

"안 되겠습니다, 왕야."

현백기가 고개를 들어 단사천을 바라봤다. 무슨 말을 하는지 모르겠다는 빛이 눈에 역력했다.

"종심(從心: 70세)으로는 만족 못 합니다."

장수(長壽)의 기준은 어디까지나 주관적이다. 누군가는 종심으로 이미 충분하다 말할지 모르지만 그는 아니었다. 희수(喜壽: 77세)로도 여전히 성에 차지 않았다. 그간 쌓아온 수련과 쉼 없이 섭취해온 보약을 생각한다면 적어도 백수(白壽: 99세)는 되어야 했다. 그 정도는 되어야 만족할 수 있었다.

더욱이 설령 영기의 발작이 더 일어나지 않는다고 해도 이미 어긋난 균형을 이대로 둔다면 심장과 폐장은 크고 작은 문제가 생길 것이 뻔히 보였다. 그의 꿈은 어디까지나 무병장수였다. 무병(無病)이 보장되지 않는 단순한 장수가 아니었다.

천심단, 여의주, 이 몸속에 잠든 영기를 완전한 형태로 만드는 것은 선택이 아닌 필수였다.

"무슨 소리냐? 막겠다고?"

현백기의 눈에 엷은 노기가 서렸다. 다만 충격도 없었고 노기도 그리 짙지 않았다. 그보다는 오히려 미안함이 더 강했다. 단사천은 이번에도 고개를 흔들었다.

"따라가겠습니다."

"잠깐만요, 단 공자!"

"단 공자님?"

"오라버니!"

세 개의 음성이 겹쳤다. 서로 다른 사람의 말이지만 모두 같은 의미를 담고 있었다.

현백기가 의외라는 얼굴로 말했다. 저런 복마전에 올라갈 성격은 아니라고 생각했고 실제로도 그랬다. 그가 봐온 단사천은 적어도 제 발로 복마전에 들어갈 인물이 아니었다.

"무슨 생각이냐?"

"왕야께서 도와주시지 않으면 어차피 무병장수, 만수무강이

라는 제 꿈은 이뤄지지 못할 테니 어쩔 수 없지 않습니까. 왕
야를 막을 수 없다면 차라리 왕야를 따라 움직여서 제대로 문
제를 해결하고 왕야의 도움을 계속 받는 것이 낫겠다고 생각
했을 뿐입니다."

이대로 따라 올라가면 당장은 위험할지 모르지만 앞으로
수십 년을 평화로이 살아가기 위해 당장의 고난을 겪을 각오
라면 이미 오래전에 다졌다.

"미쳐도 곱게 미친놈이라고 생각했는데… 아무래도 과소평
가했나."

정신을 수습한 현백기는 고개를 몇 번 흔들더니 한숨을 내
쉬었다.

"마음대로 해라."

"대신 한 가지만 부탁드리겠습니다."

"한 가지라니?"

"일이 잘못돼서 위험해지면 뒤도 돌아보지 않고 도망치겠다
는 말, 꼭 지켜주십시오."

진심이 절절히 느껴지는 말투였다.

*　　　*　　　*

청료는 눈앞에서 분노를 여과 없이 드러내고 있는 사제를

내려다보았다. 약관을 넘긴 나이에도 아직은 젊다기보다 어리다는 말이 어울리는 사제였다.

"왜 안 된다는 겁니까!"

사방에서 치솟는 불길과 병장기 부딪치는 소리보다도 더 큰 목소리였다.

"장문인의 명이다, 기다려."

장문인의 명이라는 말에 사제가 한 발 뒤로 물러섰다.

"대체 무슨……."

장문인이라는 이름에 기세가 죽기는 했지만 여전히 납득할 수 없다는 투다.

"마음에 들지 않는 것은 나도 마찬가지다."

하지만 그건 청료도 마찬가지였다. 아니, 연화동에 모인 스물네 명의 매화검수 모두가 그랬다. 매화검 검집을 얼마나 강하게 움켜쥐고 있는지 하나같이 손에 핏기가 통하지 않는 듯 하얗게 변해 있다.

장문인이 직접 말한 것이 아니었다면 이미 모두가 뛰쳐나가도 한참 전에 뛰쳐나갔을 것이다. 그저 장문인의 말이기에 참고 있는 것뿐. 하지만 그것에도 한계가 있었다.

"일각이다. 일각만 더 기다리고 그래도 계속 기다려야 한다면… 그때는 움직인다."

"사형!"

젊은 사제가 청료의 말에 놀라 소리쳤다. 장문인이 내린 명령을 거스른다는 것에 놀란 눈빛이다.

하지만 청료는 그저 씨익 웃으며 답했다.

"걱정 마라. 책임은 전부 내가 질 테니."

"그런 게 아니라……."

"아무리 장문인의 명령이라도 이런 상황에 무작정 대기하라는 건 못 참는다. 무공을 배운 이유가 이런 때 쓰기 위함이 아니더냐."

말을 하고 있는 청료의 눈빛이 이글거렸다. 아무것도 하지 않고 가만히 있는 지금 상황을 가장 마음에 들어 하지 않는 것은 언성을 높이고 있는 젊은 사제가 아니라 가만히 화를 삭이고 있는 청료였다.

"그러니까 일각이다."

거기까지 말한 그는 아예 눈을 감아버렸다. 당장에라도 뛰쳐나가려는 마음을 억누르기 위한 행동이다.

침묵 속에서 반각이 지났을 무렵이다.

수풀을 가로지르고 화운검과 추영장이 함께 나타났다. 평소 웃음으로 가득하던 두 노도사의 얼굴에는 오로지 다급함과 분노만이 가득했다.

"매화검수들은 따라와라! 낙안봉으로 간다!"

다급한 목소리로 그렇게 외친 화운검은 그대로 연화봉을

지나쳐 계속 내달렸다. 불평이나 의문을 말할 새도 없었다. 그야말로 순식간에 지나쳐 간 두 노도사의 모습에 매화검수들은 당황했다.

"낙안봉?"

"갑자기 왜 낙안봉으로……?"

"일단 움직여! 장로님들을 따라가!"

벌써 꽤 멀어진 두 노도사의 뒷모습에 청료는 급하게 외치곤 곧장 신형을 띄웠다. 극성의 암향표가 펼쳐지며 거리를 빠르게 줄여 나갔다.

그 뒤로 남은 매화검수들이 차례로 따라붙었다. 두 장로가 전력으로 달리지 않은 덕에 매화검수들이 완전히 따라잡는 데는 그리 오래 걸리지 않았다.

뒤처지는 자가 없는 걸 확인한 청료는 그제야 입을 열어 왜 낙안봉으로 가는 것인지 물었다.

"사방이 적도로 가득한데 대체 왜 낙안봉으로 가는 겁니까?"

앞서 가던 추영장 태함 진인이 고개를 돌려 답하려는 그때였다.

귀가 먹먹해지고 한순간 눈앞에 대호의 환상이 보인 것은.

"큭!"

전신을 뒤흔드는 포효에 덜컥 다리에 힘이 풀리며 그대로 고꾸라졌다. 반사적으로 낙법을 펼쳐 큰 상처는 남지 않았지만 육신과 달리 정신적으로는 단시간에 회복할 수 없을 것 같은 충격이 가해졌다.

"대체⋯⋯."

심장이 빠르게 뛰고 목덜미와 등허리가 서늘했다. 식은땀이 계속해서 흘러내리고 있다.

다른 매화검수들도 상황은 비슷했다. 흙먼지를 뒤집어쓰고 크고 작은 상처를 새긴 채 주춤주춤 일어나고 있었다.

아연한 눈빛, 내공이 부족한 자들은 아직도 다리를 떨고 있다. 태함 진인이 얼굴을 한껏 찌푸린 채 입을 열었다.

"이게 이유다."

가라앉은 음성에 왜 매화검수를 모두 모은 것인지, 어째서 화운검과 추영장이라는 강호에 이름 높은 장로들까지 움직여야 한 건지 깨달았다.

"알겠으면 어서 일어나라! 최대한 빨리 움직여야 한다!"

호통에 실린 자하진기의 청량함에 들끓던 청료의 마음도 가라앉았다. 눈에 힘이 돌아오고 스스로도 모르게 떨림이 멎었다.

"예!"

힘차게 대답하며 주위를 둘러보았다. 눈에 보이는 것은 정기를 발하는 스물세 명의 매화검수와 절정의 무위를 자랑하는 태함, 태청이라는 두 진인이다. 어디에 내놓아도 밀리지 않을 무인들이다.

절로 마음이 든든해지는 광경이었지만 청료의 마음속에 자리한 불길함은 사라지지 않았다.

*　　　　*　　　　*

정적에 잠겨 있던 객잔이 다시금 소란스러워졌다. 급작스레 결정된 화산 등반에 호위무사들이 부산을 떨었다.

말과 병장기, 금창약 따위를 준비하는 모습이다. 하지만 가장 소란이 일어난 것은 현백기를 소개할 때였다.

현백기가 영물이라는 것은 동행하다 보면 당연히 알려지게 될 문제였지만 모든 내용을 말할 수는 없기에 적당히 '황실 소유의 영물'이라는 식으로 소개했지만 그것만으로도 소란이 일기에는 충분했다.

"단 공자님의 내상을 치료하는 데 필요한 것을 찾아줄 영물입니다."

새하얀 털을 제외하면 평범한 너구리와 다를 것 없었기에 그동안 계속 봐왔으면서도 단순한 애완동물인가 싶던 관일문과 장삼이지만 서이령의 소개에 놀라고 현백기가 끌어올린 영기에 또 한 번 놀랐다.

"짐승이 절정고수 이상의 기운을……."

"허어!"

"말을 알아들으니 뭔가 말하실 때는 조심하세요."

"말도 알아듣습니까?"

무설의 추가 설명에 한층 더 소란스러워졌지만 그 소란도 그리 오래가지는 않았다. 신기한 것은 신기한 것이고 분주하게 움직이는 무사들이 곧 준비를 끝냈기 때문이다.

이동은 기마로 결정했다. 그리 긴 거리는 아니지만 내공을 아끼기 위함이다.

말을 내달려 화음현을 벗어나 숲길을 내달렸다. 더는 말을 타고 갈 수 없는 곳까지 말을 타고 이동했다.

조금씩 길이 험해짐에 따라 일행은 모두 말에서 내렸다. 여기서 인원이 나눠졌다.

서이령과 의선문 무사들은 뒤로 물러나 다른 사람들의 말고삐를 넘겨받고 그들을 제외한 나머지는 앞으로 나섰다.

"곧 뒤따르겠습니다. 조심하시길……."

서이령은 의선문 무사들과 함께 산 아래에 남기로 했다. 무공이 뒤처지는 서이령을 삼백 년 된 영물과 마교와의 싸움에 데려갈 수는 없었다.

그렇다고 계속 산 아래 남아 있는 것은 아니고 천천히 뒤를 따르며 혹시 생길지 모를 부상자나 낙오자를 담당하기로 했다.

"그럼 출발하겠습니다!"

장삼의 호령과 함께 근 서른에 달하는 인영이 어둠이 내려 앉은 숲 속으로 사라졌다.

九 . 등반

어둠이 내려앉은 천하제일의 험산 화산을 거침없이 내달리는 무인들이 있었다.

청색과 백색의 도포, 소매에 매화 문양이 수놓아진 도포 자락이 바람에 흩날리고 있다.

연화동에서 출발한 화산파 무인들이었다. 그들은 한껏 굳은 얼굴로 발을 놀리고 있었다.

"어딜 그렇게 급하게 가나!"

쐐애애애액! 카앙!

굵직한 목소리와 함께 날아든 비도가 날카로운 파공성을

만들어냈다.

선두에서 일행을 이끌던 태청 진인은 검을 꺼내 들어 비도를 쳐냈지만 그 안에 담긴 경력에 저릿해지는 손을 느끼며 얼굴을 굳혔다.

"누구냐?!"

멈춰 선 태청 진인은 곧장 일갈을 내질렀다.

강렬한 기파가 초목을 흔들자 나뭇잎 흔들리는 소리가 숲을 가득 메웠다. 그리고 소음이 가라앉을 즈음, 사방에서 살기가 뻗어 나왔다.

"화운검에 추영장, 그리고 매화검수들인가? 만찬이군."

검은 무복과 검은 두건, 검은 복면 겉으로 드러난 것이라고는 두 눈이 전부인 흑의인들이 수풀 속에서 모습을 드러냈다.

수는 어림잡아 그들의 배 이상. 점점 짙어지는 살기를 생각한다면 그 이상도 생각해야 했다.

그리고 무엇보다 비도를 던져 그를 막은 것으로 보이는 사내는 겉모습은 다른 흑의인들과 다를 것 없이 전신을 검은 천으로 둘러싼 모습이지만 기도는 비교를 불허했다. 불길한 사기와 살기가 전신에서 넘쳐흐르고 있었다.

"네놈! 정체를 밝혀라!"

노기를 가득 담은 고함에 대한 대답으로 상대는 곧장 짓쳐들었다. 숯이라도 바른 듯 검게 칠한 검을 앞세워 쇄도한다.

채애애앵!

공간을 좁혀오는 보법에 이은 날카로운 발검에 겨우 반응한 태청 진인은 검기가 스치고 지나간 어깨 자락에서 예리한 통증과 함께 피가 솟는 것을 느꼈다.

"죽여 봐라. 그럼 알려줄 테니."

살기 어린 웃음에 태청 진인은 등줄기가 식는 것을 느꼈다.

"이런 미치광이가……!"

둘의 격돌과 함께 사방을 둘러싸고 있던 흑의인들이 움직이기 시작했다.

"제자들은 검을 들어라!"

강하게 상대를 밀쳐내고 내력을 돋워 고함을 내질렀지만 그럴 필요는 없었다. 매화검수들은 이미 검을 빼들고 사방에서 몰려드는 흑의인들을 맞을 준비를 하고 있었다.

"태함!"

"이쪽은 신경 쓰지 말고 그쪽에 집중해라!"

거칠지만 믿음직한 음성이다. 묵직한 기세가 등 뒤에서 피어오르는 것을 느끼며 태청 진인은 눈앞의 적에게 집중했다.

뒤에 있는 화산 제자들은 경험이 없는 강호 초출이 아니었다. 이 이상 지시를 내릴 필요가 없었다.

지금 그가 할 일은 눈앞에 있는 적의 수괴를 상대하는 것이었다.

'괴물이군.'

흑의인의 모습을 눈에 담으며 검을 강하게 쥐었다. 이미 사위는 어두워졌지만 흑의인의 주변은 더욱 어두웠다. 눈에 보일 정도의 마기와 살기가 뒤섞여 옅은 달빛마저 가리고 있었다.

적이 내뿜는 불길한 기운에 태청 진인도 마주 기운을 끌어올렸다. 태청 진인의 눈에 노을빛이 어렸다.

터엉!

태청 진인의 몸이 빛살처럼 쏘아져 나갔다.

순식간에 이 장의 거리를 가로질러 날카로운 검광을 뿌렸다. 그의 별호이기도 한 화운검의 검기는 흑의인의 머리를 쪼갤 듯 매섭게 내려쳐졌지만 언제 뽑았는지 알 수 없는 흑의인의 검이 화운검의 강맹한 내력을 튕겨냈다.

쩌엉!

금속성과 함께 물러난 것은 태청 진인이었다. 화산파 장로의 검을 막았다는 것으로도 대단하다 할 것인데 오히려 그가 손해를 봤다. 겨우 일 합에 그가 쌓아온 내공이 흔들렸다.

그것으로 끝이 아니었다. 뒤로 물러선 태청 진인을 향한 반격이 뒤따랐다. 새까만 악의 그 자체를 내쳐오는 것 같은 살검이었다.

채앵!

검을 타고 흘러든 기운은 정말로 사람인가 싶을 정도로 짙은 사기와 마기가 느껴졌다.

한 번 기세를 빼앗기니 수세를 벗어날 수가 없었다. 극쾌의 검술에 고작 급소를 방어하는 것이 전부였다.

"화운검, 구파 장로이기에 기대했더니 기대 이하군. 이러면 좀 나을까."

흑의인은 그렇게 중얼거리고는 발을 멈췄다. 무엇을 노리는지 몰라 움직임을 경계하고 있으려니 흑의인은 태청 진인이 있는 방향이 아닌 다른 방향으로 몸을 날렸다.

다른 흑의인들을 상대하고 있는 매화검수가 있는 방향이다. 태청 진인이 그 뒤를 급히 쫓았지만 묵색 검광과 선혈이 흩날리는 것이 먼저였다.

촤악!

"이놈!"

콰앙!

흑의인을 노리고 검을 내질렀지만 강맹한 내력은 애꿎은 땅만 깊게 파낼 뿐이었다. 옆으로 훌쩍 뛰어 다른 화산 제자의 목을 쳐 날린다.

망설임 없는 살검이 터져 나올 때마다 화산 제자의 목숨이 사라지고 수라장은 보다 복잡하게 얽혔다.

흑의인이 멈춘 것은 그 뒤로도 매화검수 두 명의 목을 떨어뜨리고 난 후였다.

"좋은 수라장이야. 그렇지 않나?"

복면 너머로도 알 수 있을 정도로 사나운 웃음이다. 흑의인이 보이는 살기와 광기가 태청 진인의 평정심을 깨뜨렸다.

"감히! 감히!!"

태청 진인은 발작적으로 땅을 박차고 검을 휘둘렀다. 분노가 실린 화운검의 경력은 한층 강맹해졌지만 평정심을 유지할 때에 비하면 허점투성이였다.

하지만 태청 진인은 그런 것엔 신경 쓰지 않고 그저 눈앞의 흑의인을 향해 검을 내쳐갔다.

"그래, 그 기세다!"

쫘아앙!

굉음이 터지고 이번에는 흑의인이 밀려났다. 그렇지만 얼굴만 놓고 보면 둘의 상태는 반대로 보였다.

일그러질 대로 일그러진 태청 진인과 복면 속에서 한껏 웃음 짓는 흑의인이다.

"이… 악귀 놈이!!"

고함과 함께 붉게 상기된 얼굴에 핏줄이 불거졌다. 한계 이상의 내공을 끌어다 쓰고 있음이 분명한 모양새였지만 분노가 고통도 한계도 지워 없애고 있었다.

다시금 강맹해진 화운검의 검력이 쏟아질 때, 흑의인의 눈이 빛났다. 묵색 검광이 검집에서 뛰쳐나오는 것을 보며 태청 진인은 스스로의 잘못을 깨달았지만 멈출 수는 없었다.

'그렇다면 함께……!'

검을 멈추기보다 오히려 더욱 힘을 주어 검초를 이어갔다. 흑의인의 검이 먼저 닿겠지만 이 거리라면 동귀어진도 가능했다. 그렇게 마음을 결정한 순간 덜컥 몸이 튕겨나갔다.

그리고 그 자리를 대신한 것은 태함 진인이었다. 바뀐 것은 태함 진인과 태청 진인의 자리뿐, 흑의인의 묵검은 그대로 본래의 궤적을 이어갔다.

'……!'

태청 진인은 충격 속에서 흑의인의 검이 태함 진인의 목을 가르는 것을 지켜봐야 했다.

털썩!

충격에 보법을 펼치는 것도, 균형을 잡는 것도 잊어버려 무너지듯 주저앉은 태청 진인은 아무렇지 않게 검을 휘둘러 묻은 피를 털어내는 흑의인을 바라보았다.

"추영장이 대신인가. 제대로 싸우지도 못했는데… 쯧!"

태청 진인의 얼굴색이 검게 죽었다. 분노, 슬픔, 충격 등 온갖 것이 흘러넘치고 있었다. 자하신공의 진기로도 채 억누를 수 없는 감정들이다.

"크아악!"

하지만 쓰러진 태함의 시체 너머로 보이는 모습과 비명이 그 감정들을 다시 짓눌러 담게 만들었다.

쓰러지는 젊은 매화검수의 비명과 선혈. 태청 진인은 거칠어진 진기를 수습하고 일어섰다.

그에게는 할 일이 있었다.

十 . 낙안봉

"허억, 헉! 아, 아가씨… 죄송……."

'또 하나…….'

턱 끝까지 차오른 숨에 은월조 무사의 속도가 점점 줄어들더니 결국 멈춰 서고야 말았다. 점점 멀어지는 그 모습을 슬쩍 돌아본 단사천은 한숨을 내쉬며 앞을 바라봤다.

선두에서 일행을 이끌며 내달리는 현백기는 무시무시한 속도로 숲을 돌파했다. 나뭇가지의 틈새, 덤불 속, 쓰러진 나무 밑 등 사람이 지나가기 힘든 길마저 직선으로 내달리니 속도가 어지간한 고수들의 경공은 우스워 보일 지경이다.

그래도 그 덕에 산을 오르기 시작하고 얼마 지나지 않았음에도 이미 일행은 화산 초입을 지나 낙안봉을 향해 산을 오르고 있었다.

다만 문제라면 함께 움직이던 호위들이 전부 낙오되어 어디에 있는지 옷자락조차 보이지 않는다는 점이다. 그리고 그건 단사천에게 가장 큰 문제였다.

"왕야, 너무 빠르지 않습니까?"

하지만 현백기는 그런 단사천의 불평을 무시한 채 계속해서 산길을 내달렸다.

"이러다가는 낙안봉의 반도 못 올라가서 전부 쓰러집니다."

단사천도 포기하지 않고 다시 입을 열었다. 호위라고는 장삼과 관일문이 전부인 상황에 불안해진 것도 있지만 그게 전부는 아니었다.

합류하자마자 바로 움직여 피곤이 쌓인 용위단은 이해할 수 있었다. 꽤나 강행군이었으니까. 하지만 복건성에서 새로 합류한 패천방 무사들은 일류 이상의 무위를 자랑했는데 그런 그들마저 뒤처질 정도라면 이 속도는 문제가 있었다.

"다 같이 오를 생각도 없다. 게다가 제때 도착하지 못하면 정말 큰일이 될 수도 있어. 지금은 조금이라도 빨리 움직여야 한다."

호위무사들이 함께 움직이느라 조용히 달리기만 하던 현백기는 짜증을 참지 못하고 단사천과 두 여성에게만 들릴 정도로 목소리를 죽여 말했다.

단사천은 짜증 섞인 불호령에 입을 다물고 발놀림에 집중했다. 대신 이번에는 옆에서 보조를 맞추던 단목혜가 입을 열었다.

"너무 그러지 마세요. 왕야께서도 너무 급하다는 것 알고 계시잖아요."

"이 속도로 계속 움직이다가는 마인들을 찾았을 때 제대로 싸울 힘도 남아 있지 않을지 몰라요."

뒤이어 무설도 말을 더했다.

틀린 말은 아니었다. 아무리 급하다지만 단순히 산을 오른다고 끝인 것도 아니고, 도중에 몇 번이나 싸워야 할지 알 수도 없는데 이렇게 숫자도 적은 상황에서 체력과 내공을 낭비하는 것은 결코 상책이라고 볼 수 없었다.

하지만 현백기는 그런 것 따위는 아무래도 좋다는 듯 콧방귀를 뀌고는 뒤돌아 이죽거렸다.

"지금 너희들 지아비라고 편드는 거냐?"

"네, 그런데요?"

"……."

당당하게 답하며 단사천에게 달라붙는 단목혜와 대항하듯 반대편으로 달라붙기는 했지만 얼굴을 붉히며 고개를 숙이는 무설. 현백기는 그런 그녀들의 모습에 혀를 차곤 속도를 더 높였다.

"영물이라……. 오래 살다 보니 별일이 다 있군."

앞에서 달리고 있는 세 사람들과 그보다 더 앞에서 달리고 있는 새하얀 털을 지닌 너구리 현백기를 눈에 담으며 장삼은 입을 열었다.

"예, 사람 말을 알아듣는 것도 신기합니다만… 역시 내공을 지닌 영물이라니……."

작게 내뱉은 혼잣말이었지만 옆에 있던 관일문의 귀에 들어갔는지 동의의 말이 돌아왔다.

장삼만큼은 아니지만 관일문도 적은 나이는 아니었다. 불혹, 마흔을 넘긴 지 꽤 되었다.

"나름 견문이 넓다고 생각했는데 역시 세상은 넓어."

젊을 적에는 무림을 종횡하고 단가에 몸을 의탁한 뒤로는 관리들 사이에서 도는 이야기도 꽤나 들어봤지만 역시나 사람 말을 알아듣는 수준을 지나 무인처럼 기를 사용하는 영물에 대해선 들어본 적이 없었다.

그 탓에 현백기를 처음 봤을 때는 상당히 놀랐다. 어딘가에서 그저 이야기로만 들었다면 술이라도 취했냐고 생각할 정도였다.

지금도 잘못 본 것이 아닌가 하고 생각할 정도였다. 물론 관일문도 옆에서 같이 보고 같이 놀랐으니 그럴 가능성은 한없이 낮았지만 그래도 팔십 평생 처음 보는 광경이었다. 그만한 충격도 없이 받아들이는 것은 불가능했다.

장삼은 고개를 흔들어 상념을 털어냈다. 어쨌거나 중요한 것은 저 너구리가 황실의 영물이라는 것이 아니라 이 산 위에서 벌어질 싸움과 그동안 그가 지켜야 할 사람들에 대한 것이었다.

"그건 그렇다 치고… 이거야 원, 이젠 한 명도 안 남았군."

슬쩍 뒤를 돌아본 장삼은 도중부터 하나하나 낙오되더니 이제는 한 명도 남지 않은 용위단원들을 떠올리며 작게 한숨을 내쉬고 다시 고개를 앞으로 되돌렸다. 그리고 앞에서 달리고 있는 세 사람의 모습을 눈에 담았다.

'단목장군가의 아가씨는 그간 이야기를 들어 알고 있었지만 소문이 부족할 지경이군……'

무림에야 잘 알려지지 않은 단목장군가지만 관과 어느 정도 관계가 있는 사람이라면 충장공(忠將公) 단목승(端木承)의 무남독녀, 삼주 중 하나인 단목장군가의 다음 대를 짊어질 소가주 단목혜에 대한 이야기를 듣지 않을 수 없었다.

여인의 몸으로도 충분히 단목장군가를 짊어질 능력과 배짱을 지닌 여걸이라는 평이다.

당장 단사천 옆에 서 있는 그녀의 모습은 사랑에 빠진 여인 그 이상도 이하도 아니기에 그런 평을 떠올리기 힘들었지만, 이 속도를 아무렇지도 않게 따라붙으면서 여유롭게 대화까지 하는 모습을 보고 있으면 적어도 무공 수준에 대해서는 의심할 여지가 없었다.

'그리고 저 무설이라는 아가씨도 상당해.'

여성의 것이라고 생각하기 힘들 정도로 장쾌한 경공에서 심후한 내공이 엿보였다.

비록 단목혜만큼 여유로운 것 같지는 않고 약간씩 다듬어지지 않은 부분도 있었지만 그것만으로도 평범한 후기지수의 수준을 크게 뛰어넘고 있었다.

'그에 비해 도련님은……'

양옆의 두 여성이 세련된 몸놀림으로 산길을 나아가고 있다면 단사천은 억지로 속도를 맞추고 있는 모양새였다. 엉성한 경공을 압도적인 신체로 어떻게든 끌고 간다는 느낌을 지울 수가 없었다.

'용위단 녀석들보다는 나은 수준이지만……'

산을 오르기 전 객잔에서 보여준 절정의 검도와는 도저히 맞물리지 않는 경공이다.

심신의 수련에 앞서 내, 외공의 균형을 중시하는 구파에서 무공을 배웠다고 믿기 힘든 모습에 장삼은 오늘 하루 대체 몇 번째인지 모를 한숨을 내쉬고 마음을 다잡았다.

'역시 아직은 이 늙은이가 지켜드리지 않으면……'

마인들이 기다리고 있는 곳으로 들어가고 있는 지금, 낙담이나 충격에 정신을 낭비하고 있을 여유는 없었다. 집중하고 집중해도 모자랐다.

"이 정도로 다 떨어져 나가다니… 내려가면 내 이것들을……"

장삼이 그렇게 다시 마음을 다지고 있을 때 관일문은 호위들이 호위 대상을 놓치고 뒤처졌다는 사실에 이를 갈고 있었다.

용위단 무사들은 억울할지도 몰랐다.

강행군으로 쌓인 피로를 채 풀기도 전에 움직여야 했고, 화산의 험로를 이런 한밤중에 달려야 했다. 그러면서 휴식도 없이 거의 전력질주를 강요받았으니 어쩔 수 없다고 말할지도 몰랐지만 관일문은 그런 것은 상관하지 않고 사나운 표정으로 이를 갈고 있었다.

장삼은 그 모습을 보며 조용히 용위단 무사들의 명복을 빌었다. 하지만 거기까지였다. 그도 관일문을 말릴 생각은 없었다.

뭐라고 변명해도 호위 대상보다 호위들이 먼저 나가떨어진 것은 변하지 않는 사실이었으니까.

　　　　*　　　　*　　　　*

"웬 안개가……?"

낙안봉을 삼분지 일 정도 올랐을 즈음부터 조금씩 짙어지는 안개가 그렇지 않아도 험한 화산의 산길을 더욱 험난하게 만들고 있었다.

거기에 안개 속에서는 화산 밑자락부터 가득하던 영기가 아니라 음울한 마기까지 느껴지기 시작했다.

낙안봉을 향해 올라가면 올라갈수록 안개와 음울한 마기가 짙어졌다. 현백기도 안개가 짙어짐에 따라 앞서가던 발을 늦추고 일행과 합류해 사방을 경계하며 산을 올랐다.

중턱 즈음에 도착하니 이제는 안개와 어둠이 한 치 앞도 분간하기 힘들 수준이 되었다. 눈앞의 계단만을 바라보고 걸어야 할 정도.

"이런. 어르신, 이쪽으로 좀 와보십시오."

조심스레 한 계단씩 올라가고 있던 도중 관일문이 일행을 멈춰 세우곤 한곳을 가리켰다.

관일문의 손가락이 향한 곳에는 젊은 무인들의 시체가 이름 모를 도교의 신을 기리는 사당 건물 그늘에 가려져 가지런히 놓여 있었다.

소맷자락에 수놓아진 매화 문양과 시체의 가슴에 놓인 검의 화려한 수실이 젊은 무인들의 신분을 알려주었다.

"매화검수들인가."

"시체가 정리되어 있는 걸 보니 이곳에서 벌어진 싸움에서 화산파가 승리한 것은 확실하겠습니다만… 단지 매화검수 정도 되는 시체를 숨겨만 놓고 제대로 수습하지 못한 것이 걸립니다."

승리하고도 시체를 온전히 수습하지 못했다는 것, 그것도 화산파라는 명문 정파가 자파 제자들의 시체를 저렇게 놔두었다는 건 상당히 급하게 움직였다는 증거이다.

"피가 굳지도 않았다. 그리 오래되지 않았어."

장삼의 말에 단사천은 주변에서 들리는 소리에 집중했다. 하지만 가끔 벌레 우는 소리만 들릴 뿐 어딘가에서 싸움이 일어나고 있다고 생각하기 힘들 정도로 고요했다.

그리고 무엇보다 꺼림칙한 것은 주변을 둘러보아도 매화검수들의 적이었을 자들의 시체가 보이지 않는다는 것이다. 싸움의 흔적이라면 사당과 나무에 몇 개나 남아 있었지만 시체만큼은 어디에도 없었다.

그것이 의미하는 바를 짐작하기는 힘들었지만 적어도 좋은 징조는 아니었다.

일행의 시선이 단사천을 향했다. 계속 가겠냐는 무언의 물음이다.

단사천은 그저 고개를 흔드는 것으로 답을 대신하고는 발을 옮겼다.

속내는 당장에라도 내려가고 싶은 마음이 가득했다. 몇 번을 고민하고 또 고민했는지 알 수 없을 정도로 하산의 유혹을 견뎌냈다.

하지만 현백기가 없이는 영지를 찾을 수가 없다. 무언가 방법이 있을지도 모르지만 적어도 그가 아는 한도 내에서는 현백기의 안내만이 유일했다.

그리고 영지를 찾을 수 없다면 몸속에서 제 존재감을 매일같이 피력하는 미완성의 천심단이 언제 어떻게 그릇을 깨고 나오려 할지 알 수 없었다.

죽이 되건 밥이 되건 현백기와 함께 내려가야 했다.

사당을 지나 얼마쯤 산길을 타다 보니 계단이 나타났다. 커다란 바위틈 사이를 깎아내어 만든 좁은 계단이다. 안개에 가려진 바위 위에 무엇이 있을지 알 수 없었다.

하지만 길은 그곳뿐이었다. 옆으로 돌아가는 걸 허락하지 않겠다는 듯 뻗은 절벽을 달려 올라갈 셈이 아니라면 어쩔 수 없이 지나가야 했다.

계단을 오르면서도 시선과 정신은 바위 위를 향해 있었다.

"도련님, 조심하십시오. 뭔가 있을지도 모릅니다."

관일문의 경고가 있기 무섭게 앞서가던 현백기가 멈춰 섰다. 발이 멈춘 곳은 아직도 계단이 수십 개는 남은 돌층계의 중간이었다.

귀가 쫑긋하고 고개가 계단 양쪽으로 솟은 바위를 향했다.

"온다."

현백기의 말이 떨어지기 무섭게 양쪽 바위에서 검은 그림자들이 떨어져 내렸다.

장삼과 관일문이 습격자들을 상대할 자세를 취했지만 그보다 먼저 단목혜가 나섰다. 허리춤에서 뽑아 든 세 조각 단봉이 하나가 되더니 제 키보다 약간 작은 단창이 되어 습격자들을 향해 뻗어 나갔다.

따앙! 따당!

단목혜의 단창이 일행의 머리 위로 떨어져 내리는 다섯 자루의 북방도를 가볍게 튕겨냈다. 힘의 차이를 가볍게 메워 버리는 내공이었다. 남녀의 차이, 그런 것쯤은 우습다는 듯 창의 놀림이 가벼웠다.

흑의인들은 그녀가 생각보다 심후한 내공을 지녔음을 깨닫고 곧바로 물러섰다.

그사이 또 다른 흑의인들이 계단 위아래로 포진해 그들을 둘러쌌다.

"구파는… 아니군. 제갈도 아니고. 어디지?"

계단 중간에서 포위된 상황, 위쪽에 자리한 흑의인의 무리에서 굵은 목소리가 들려왔다. 거센 북방식 억양이 여과 없이 뿜어내는 살기에 섞여 더욱 위압적이었다.

"아니, 아무래도 상관없겠지. 어차피 올라가는 놈은 다 죽여야 하니. 가라. 죽여."

유일하게 겉으로 드러난 눈이 살기로 빛났다.

"카합!"

단호한 명령에 날카로운 기합과 함께 좁은 계단을 내달리는 흑의인들이다. 좌우 폭은 물론이고 발을 디딜 곳마저 제한적인 계단은 기껏해야 한 번에 한 명 정도가 겨우 지나다닐 수준이지만 이들은 일반인이 아니었다.

정면으로 짓쳐오는 흑의인과 달리 길쭉한 협봉검을 든 흑의인은 자연석 그대로인 거친 좌우의 바위를 박차며 위에서 공격해 오는데 그 기세가 매서웠다.

"홍!"

채애앵!

이번에도 먼저 움직인 것은 단목혜였다. 비좁은 공간에서 장병을 사용하기가 여간 껄끄러운 것이 아닐 텐데도 한 발 앞으로 나서며 창을 길게 내뻗는 일격에는 망설임이 없었다.

쐐액! 채앵!

짤막한 창날이 북방도의 칼날을 가볍게 빗겨냈다. 내공도,

기술도 흑의인과는 큰 차이가 있었다. 크게 열린 빈틈을 놓치지 않고 파고든 창날이 흑의인의 팔뚝에 깊은 상흔을 남겼다.

"합!"

도를 쥔 손에 힘이 빠진 틈을 노려 창대를 흔들어 손아귀에서 북방도를 떨어뜨렸다. 무기를 잃자 당황한 흑의인은 박투라도 하려는 듯 주먹을 쥐고 달려들었지만 단목혜는 일말의 흔들림도 없이 창날을 민활하게 움직여 흑의인의 옆구리를 길게 베어냈다.

다음은 곧바로 위의 협봉검을 든 흑의인을 향해 마주 창을 찔러갔다.

콰득!

"큭!"

아무리 단창이라지만 창이다. 흑의인의 검보다는 훨씬 먼저 닿는다. 어깨를 파고든 창날에 근육이 찢기고 뼈가 박살 나자 흑의인의 입에서 억눌린 신음이 새어 나왔다.

정신을 아득하게 만들 정도의 고통임에도 포기하지 않고 검을 쥔 손을 바꿔 다시 공격을 이어가려는 집념은 대단했지만 결과로 이어지지는 못했다. 익숙하지 않은 손으로 내지른 검이 정확할 리 없었고 이어지는 반격에 가슴 중앙을 허용하곤 그대로 쓰러졌다.

단 한순간, 겨우 두 합의 교환으로 두 명의 흑의인이 쓰러졌다.

습격자들과 그녀 사이의 격차를 여실히 보여주는 것은 물론이고 손속에 전혀 자비를 두지 않는 모습에 뒤이어 달려들려던 흑의인들의 기세가 죽었다.

"다음!"

단목혜가 낭랑하게 외쳤다.

"허허, 우리가 할 일이 없군."

"그러게 말입니다, 어르신. 이래서야 누가 호위인지……."

자신들이 나설 새도 없이 흑의인들을 가볍게 물리치는 단목혜의 모습에 장삼과 관일문은 허탈하게 웃어버렸다.

무공도 무공이지만 저 과단성과 과감함, 손속에 사정을 두지 않는 무자비함이야말로 진짜였다.

망설이지 않고 습격자들의 급소에 창날을 박아 넣는 모습은 방금 전까지 단사천 옆에서 사랑에 빠진 소녀의 얼굴을 하고 있던 단목혜가 맞는지 의심스러울 정도였다.

흑단 같은 머릿결을 흩날리고 오뚝하게 솟은 콧날에 분이라도 바른 듯 새하얀 피부는 그대로였지만, 창을 휘두르고 창날을 상대의 급소에 망설임 없이 박아 넣는 모습에서 전장을 가로지르는 장수의 모습이 겹쳐졌다.

그래도 감상만 하고 있을 수는 없었다. 장삼은 고개를 돌려 뒤를 바라봤다.

"그래도 계속 놀고 있을 수는 없지."

저 밑에서 계단을 달려오는 한 무리의 흑의인들이 더 있다. 삼엄한 기세는 당연했고 숫자만으로 따지자면 저 위에 보이는 흑의인들보다도 많았다.

금방이라도 계단을 다 뛰어올라 올 기세였지만 장삼은 그 촌각의 시간도 기다리지 않았다.

"관 단주, 그럼 부탁하겠네."

장삼은 흑의인들을 향해 마주 뛰어갔다.

흑의인들은 장삼이 자리를 지키는 것이 아니라 오히려 역으로 달려드는 모습과 올올히 풀려 나오는 강맹한 투기에 당황했지만 곧 그가 맨손이라는 것을 확인하고는 다시 기세를 끌어올려 달려들었다.

북방식 곡도의 휘어진 형상이 마치 짐승의 송곳니를 떠올리게 할 정도의 기세를 품었다. 빠르고 사나운 무공, 단칼에 적을 베어내겠다는 의지로 가득했다.

쐐애액!

하지만 장삼의 발은 멈추지 않았다. 계단에 닿을 듯 몸을 숙이자 머리 위로 북방도가 섬뜩한 소리를 내며 허공을 갈랐다. 고개를 들면 보이는 것은 신체의 정중선(正中線), 급소가 위치한 길목이 훤히 비어 있다.

뻐억!

도를 휘두를 수 없는 간격까지 파고들어 일타를 넣었다. 명치를 밑에서 올려치듯 장타(掌打)을 먹이고 그대로 더욱 깊이 파고들어 진각을 밟았다.

꾸웅! 콰직!

돌계단에 금이 갈 정도로 강한 진각의 반동을 실어 턱에 장저를 올려붙였다.

퍼엉!

목이 뽑혀나갈 것처럼 튕겨나갔다. 거기에 뼈가 부러지는 소름 끼치는 소리까지 확인할 필요도 없었다.

그 대신 슬쩍 뒤를 확인했다. 든든히 버텨 선 관일문의 모습에 동물 같은 웃음을 띠며 계단을 박찼다.

쇄도하는 속도가 대단했다. 절명한 흑의인이 쓰러지기도 전에 거리를 좁혀 다가가 일장을 쳐냈다.

터엉!

강한 장력이 검배를 때리자 얇은 협봉검이 부러질 듯 흔들리고, 그 틈으로 파고든 장삼의 팔꿈치가 흑의인의 턱뼈를 가볍게 부쉈다. 장삼의 발은 거기서 멈추지 않았다.

쓰러지려는 흑의인의 허벅지를 밟고 뛰어올라 허공에 거꾸로 선 채로 각법을 연이어 내쳤다.

반격하려는 흑의인들이었지만, 예측을 벗어난 파격적인 움직임에 내뻗은 검과 도가 허공을 갈랐고, 장삼의 발은 흑의인들의 어깨뼈를 나뭇가지처럼 손쉽게 부러뜨렸다.

장삼의 무공은 정심한 정도의 무공과는 거리가 멀었지만 회피에서 반격으로 이어지는 일련의 동작이 물 흐르듯 자연스러웠다.

돌계단에 내려선 장삼은 다시 뛰쳐나갈 듯 기세를 내뿜다가 다시 뒤로 뛰었다. 처음 서 있던 계단으로 돌아오자 그제야 흑의인이 무너져 내렸다.

한순간에 다섯 명이나 되는 동료가 쓰러지는 것을 본 흑의인들이 그 자리에 멈춰 섰다. 여전히 기세만큼은 사납기 그지없었지만 그 안에 담긴 투기는 날카로움이 덜했다.

"젊은것들이 힘도 없고 대도 없고, 그래서 칼밥 먹고 살겠느냐?"

흑의인들은 장삼의 도발에도 움직이지 않았다. 단순히 달려들어 봐야 저 독특한 박투술의 먹이가 될 뿐이라는 것을 깨닫고 있었다.

흑의인들은 서두르기보다 천천히 계단을 오르기 시작했다. 한층 신중한 모양새다. 다만 그 전진도 계단 몇 개를 사이에 두고 다시 멈췄다. 일촉즉발의 대치 상태, 그 대치를 깨뜨린 것은 장삼도 흑의인들도 아니었다.

"대체 뭘 하고 있는 거냐?"

바위 위에서 들려온 그 목소리에 시선이 바위 위로 향했다. 녹색 장포에 검은 피풍의를 두른 자들이 그곳에 서 있었다.

무어라 반응하기도 전에 녹의인들이 제각각 속에 쥐고 있던 새하얀 자기병을 바위 밑으로 내던졌다.

적아를 가리지 않고 내던지는 자기병이다. 관일문과 장삼은 당황하지 않고 자기병들이 깨지지 않게 받아낸 뒤 먼 곳으로 던져 버렸다. 하지만 그들이 걷어낼 수 있는 것은 일부였다.

쨍강!

수십 개의 작은 자기병이 계단 곳곳에 떨어져 깨지며 그 안에 담긴 것을 공기 중에 피워 올리기 시작했다.

"이 거미새끼들이⋯⋯!"

흑녹색의 연기가 피어오르기 시작하자 가장 먼저 반응한 것은 흑의인들의 우두머리였다. 말에서 당황과 분노가 그대로 느껴졌다.

"귀오산(鬼鰲散)에 절형독이라니 우리까지 다 죽일 셈이냐, 흑주(黑蛛)!"

자기병에서 피어오르는 연기를 피하기 위해 멀찍이 뛴 사내가 큰 소리로 외쳤다. 그 말에 바위 위에서 인영 하나가 고개를 내밀었다.

"제대로 막지도 못하는 꼴이 불쌍해서 도와줬더니 감사는 못할망정 거미새끼라니, 역시 싸움에 미친 수라문 종자들답게

못 배운 티를 내는구나."

뱀처럼 음습한 목소리에는 명백한 비웃음이 실려 있다. 우두머리사내는 거칠게 이를 갈았지만 그뿐이었다. 캇 하는 날카로운 외침을 내뱉곤 그의 명령을 기다리는 수하들에게 시선을 향했다.

"전부 물러난다!"

우두머리의 호령에 흑의인들이 일제히 물러났다. 연기에 닿을까 두려운 듯 발놀림이 꽤나 급했다.

습격자들의 그런 모습에 장삼의 짙은 눈썹이 일그러지며 그렇지 않아도 험악한 인상이 더욱 무서워졌다.

'역시 빨리 정리하고 움직여야 했어.'

한곳에 발이 묶이면 곧 지원이 올 수 있다는 것 충분히 상상할 수 있었지만 어차피 행동하지 못했고, 후회해도 이미 늦었다.

습격자들이 사라진 자리를 짙디짙은 독연이 대신하고 있다. 거리가 있음에도 강렬한 독기가 느껴졌다. 좌우는 석벽, 전후는 독연, 사방이 막혔다.

조금 수월하게 일이 풀린다 싶더니 어느새 사방이 막혔다.

귀오산과 절형독이라는 이름의 독연이 계단 위아래를 막고 있다.

귀오산은 아예 처음 보는 것이고 절형독은 이미 개봉에서 한 번 겪은 적이 있지만 영기에 내공이 묶인 뒤로는 접한 적이 없다.

호체보신결의 심취가 깊어지기는 했지만 영기와 내공이라는 변수가 더해진 만큼 이번에도 통하리라는 보장은 없었다. 설령 이번에도 독에 영향을 받지 않는다고 해도 어차피 선택할 수 있는 길은 아니었다.

단사천 자신에게는 효과가 없다고 해도 그게 일행에게까지 영향이 없다는 뜻은 아니니까.

그렇다고 좌우로 눈을 돌려도 길이 없기는 마찬가지였다. 작은 동산만 한 바위는 부수고 길을 만들 수 있는 것이 아니었다.

결국 움직일 수 있는 방향은 기껏해야 양쪽 바위를 타고 올라가는 길 정도. 그나마도 마인들이 기다리고 있을 것이 분명했지만 선택의 여지가 없었다.

"도련님, 저와 관 단주가 먼저 올라가겠습니다. 조금 시간을 두고 올라오십시오."

방법이 없나 고민하고 있으려니 장삼이 그렇게 말해왔다. 장삼과 관일문의 결론도 비슷한 듯 만월이 걸린 밤하늘을 보며 한껏 굳은 얼굴을 하고 있다.

파라락!

시선을 한 번 주고받더니 관일문과 장삼이 거의 동시에 양쪽 석벽을 타고 오르기 시작했다. 좁고 불규칙적인 바위 표면을 마치 계단이라도 되는 양 가볍게 올라갔다.

쐐애액!

그리고 그런 둘을 기다리는 것은 역시나 마인들의 암기였다.

바위 틈새에서 모습을 드러낸 둘을 향해 척전 몇 자루가 맹렬한 기세로 날아들었다.

따다당!

관일문이 몸을 뒤집으며 직도를 뻗어 크게 원을 그렸다. 그 궤적에 휘말린 척전들이 도배에 부딪치자 금속성과 함께 사방으로 튕겨져 나갔다. 뒤이어 또다시 암기를 던져 오는 녹의인들이었지만 이미 장삼과 관일문은 바위 위에 발을 딛고 있었다.

"단 공자."

"오라버니, 저희도."

말이 겹치자 서로를 노려보는 단목혜와 무설을 놔둔 채 먼저 석벽을 타고 올랐다. 계단 위아래에서 조금씩 영역을 늘리는 독연 때문에 머뭇거릴 여유가 없었다.

탓! 터억!

익숙지 않은 경공만으로는 오를 수 없기에 손을 써서 타고

올랐다. 다행히 표면은 울퉁불퉁해 발을 디딜 곳이나 손으로
붙잡을 곳이 많아 바위를 오르는 것은 어렵지 않았다.

바위 위로 고개를 들자 그를 노리고 날아오는 암기들이 있
었지만 곧 익숙한 등이 그 앞을 가로막았다. 관일문이었다.

타탕! 땅!

가볍게 직도를 내리그어 암기를 걷어낸다. 귀를 울리는 날
카로운 금속성과 불꽃이 겹치고 기세를 잃은 암기들이 바닥
에 떨어졌다. 그러면서 단사천이 바위 위로 올라오는 동안 사
선(射線)을 막아선다. 용위(龍衛)의 이름에 걸맞은 익숙한 움직
임이었다.

"독을 써!"

흑주라 불린 사내가 명령을 내리자 녹의인들이 일제히 품
에서 제각각 사기병이나 사기 구슬 따위를 꺼내 들었다.

"어딜!"

명령에서 행동으로 이어지는 작은 틈새를 놓치지 않고 장
삼이 움직였다. 제멋대로 깎여나간 바위들을 밟고 뛰어 종횡
으로 각법을 내쳤다.

두 명, 세 명.

순식간에 숫자가 줄어들었다.

파죽지세로 파고든 장삼은 상당히 깊은 곳까지 들어와 녹
의인들 사이에 고립되어 포위된 모양새였지만 그런 것 따위는

전혀 개의치 않는다는 듯 거침없이 나아갔다.

쐐애액!

양옆에서 검과 도가 짓쳐들었다. 장삼은 그대로 왼쪽에서 파고드는 도배를 밀어내며 녹의인의 품으로 파고들었다. 그렇게 되면 검을 등 뒤에 놔두게 되지만 움직임에 망설임은 없었다.

채앵!

장삼의 등 뒤를 노리고 찔러오는 검을 막은 것은 관일문의 직도였다. 검을 쳐내고 거칠게 반격을 이어갔다.

녹의인은 검을 들어 막으려 하지만 암습에 중점을 두고 만들어진 얇은 검신으로는 관일문이 내지른 무거운 일격을 버틸 수 없었다.

콰앙!

검이 부서지며 녹의인의 신체가 허공에 떠올랐다. 도에 몸이 베어지는 것은 모면했지만 허공으로 날려간 녹의인은 착지도 제대로 할 수 없을 정도의 충격에 내장이 진탕되어 그대로 피를 내쏟으며 쓰러졌다.

콰직!

그때를 맞춰 장삼도 상대의 무릎을 박살 내며 마지막 일격을 가했다.

"이런 무능한 놈들! 몸을 던져서라도 발을 묶으란 말이다!"

혹주의 외침에 녹의인들의 움직임이 바뀌었다. 죽이기 위한 움직임이 아닌, 말 그대로 발을 묶기 위한 움직임이었다.

방어를 포기하고 몸을 내던져 오는 녹의인들의 행동에 장삼과 관일문의 발이 멈췄다. 그리고 발이 멈추자 사방을 둘러싼 녹의인들이 더욱 끈질기게 달라붙기 시작했다.

푸욱.

갈비뼈 사이를 가르고 들어간 직도가 폐를 가르고 등 뒤로 빠져나왔다. 더 손을 쓸 필요도 없는 치명상이었다. 하지만 녹의인의 눈은 더욱 스산하게 빛났다.

"잡… 았다."

회수하려던 칼날을 부여잡고 버틴다. 강하게 쥔 손에서 새빨간 핏물이 흘러내리고 있었지만 고통 따위는 느껴지지 않는 것처럼 더욱 칼날을 강하게 쥐었다.

"그대로 계속 붙들어!"

예의 음습한 음성과 함께 주먹만 한 크기의 구 하나가 큰 포물선을 그리며 머리 위로 날아들었다.

"어르신!"

"봤네!"

관일문의 경호성에 답한 장삼의 시선이 묵직한 무게감과 함께 날아드는 구에 박혔다. 여차하면 주변에서 달려드는 적들을 무시하고 뛰어올라 처리할 생각이다.

다만 장삼은 그 구체가 머리 위로 도달할 때까지 움직이지 않았다. 무언가 노리고 있는 것은 분명했지만 저 구는 너무 크게 빗나가고 있었다. 그렇다고 뒤쪽을 노리는 것도 아닌 궤적이다.

'뭐지?'

콰작!

그 의문은 얼마 지나지 않아 풀렸다. 반대 방향에서 날아온 암기가 그들 머리 위를 지나가는 그것을 깨뜨리며 내용물을 장삼의 머리 위로 흩뿌렸다.

황록색의 가루가 장삼과 관일문을 뒤덮었다.

"크크크크."

독분이 만들어낸 연기는 오래가지 않았다. 불어온 바람에 바위 아래 있던 독기마저 휩쓸려 사라졌다. 하지만 흑주는 득의만만한 괴소를 흘리며 좌우로 째진 눈을 요사스럽게 빛내고 있다.

토혈하며 죽어가는 수하들 사이로 서 있는 둘의 모습이 기대한 바로 그 모습이었기 때문이다.

붉게 충혈된 눈과 붉은 반점이 얼굴을 뒤덮은 모습. 확실한 중독이었다.

"들이마시지는 않았나? 뭐, 좋아. 곧 죽을 테니."

"크윽! 이놈, 제 수하들까지……"

독연이 사라지자마자 달려든 녹의인 하나를 베어낸 관일문은 말을 채 잇지 못하고 입술을 짓씹었다. 그 사이로 조금씩 흘러나오는 핏물을 겨우 삼켰지만 어느새 직도는 멈췄고 그 새 다가온 그에게 일격을 허용했다.

콰악!

"관 단주!"

다급한 경호성이 터졌지만 이미 그의 손은 관일문의 몸에 닿아 있었다.

맹금의 발톱처럼 옆구리 살을 한 움큼 떼어내는 잔혹한 손놀림이다. 입술을 찢겨나갈 듯 강하게 씹으며 도를 쳐내지만 기세를 잃어버린 도는 적에게 닿지 못했다.

"늙은이는… 됐고, 이제 그럼 어린것들 차례군."

훌쩍 뛰어 뒤로 물러난 흑주는 수하들과 얽혀 있는 장삼에게서 시선을 떼고는 굳은 얼굴로 주변을 경계하는 단사천과 두 여인을 훑었다.

'창을 든 년은 꽤 하는 것 같고, 다른 여자 쪽도 기세는 날카롭군. 그에 비해 가운데는……'

별 볼 일 없는 기세에 첫 먹잇감을 결정한 그의 손놀림에 망설임은 없었다.

쐐액!

다른 녹의인들이 던진 것과는 비교도 하기 힘들 정도로 빠른 암기들이 단사천을 향해 쏘아졌다. 검은 독으로 뒤덮인 밤하늘에 녹아든 암기들이 매서운 속도로 허공을 날았다.

'고통 속에서 천천히 죽어라.'

흑주는 암기에 듬뿍 발린 독이 단사천에게 선사할 고통과 반응을 기대했다. 하지만 곧이어 비친 광경에 흑주는 자신도 모르게 한 발 물러서며 당혹으로 가득한 음성을 내뱉었다.

따다다당!

"뭣?!"

언제 나타난 것인지 알 수 없는 흑선이 암기들의 앞길을 가로막자 날카로운 금속성과 함께 암기들이 사방으로 튕겨져 날아갔다.

그다음 순간, 자신을 향하는 단사천의 모습이 보였다. 흑주는 다급히 암기를 내던졌다. 극독을 머금은 암기들이 밤하늘을 매섭게 가르며 단사천을 향해 내쏘아졌지만 또 예의 흑선이 그어지고 금속성이 터져 나왔다.

땅! 따다당!

무엇을, 어떻게, 그런 의문이 샘솟았지만 적어도 그가 단사천을 잘못 봤다는 것은 확실했다. 흑주는 당혹감을 지우고 입을 열어 소리쳤다.

"덮쳐!"

무엇이 어떻게 되었는지는 모르겠지만 대응은 다르지 않았다. 수하들이 제각각의 암기를 던져 단사천의 발을 늦추고 그 앞길을 막기 위해 달려들었다.

하지만 결과는 같지 않았다.

퀴이이잉! 파아앙!

굉음과 함께 길을 막기 위해 몸을 던진 녹의인들이 휩쓸려 날려갔다. 수하들의 뒤에서 다시 극독을 준비하던 그는 그 갑작스러운 상황에 기껏 되찾은 냉정을 잃어버렸다.

"무, 무슨……!"

일거에 뚫려 버린 인의 장벽을 지나 단사천이 거리를 좁혀 왔다.

결코 느리지 않은 속도. 한가로이 품속의 독병을 꺼낼 시간이 없었다. 짓쳐드는 단사천을 상대하기 위해 그가 선택한 것은 수공(手功)이었다.

검게 물든 손은 강렬한 독기를 품고 있을 뿐 아니라 내공이 더해져 보검으로도 베어낼 수 없는 강도를 자랑하는 비장의 수다.

관일문의 몸에도 치명적인 상처를 남겼듯 이번에도 기대에 부응하리라 믿어 의심치 않았다. 결과적으로 그의 기대는 어긋나지 않았다.

좌아악!

"커… 헉!"

흑선은 이번에도 느끼지도 보지도 못한 사이 그어졌다. 흑선이 꿰뚫은 자리로 격통이 솟아올랐다.

한두 곳이 아니었다. 앞으로 내뻗은 팔부터 가슴과 목, 허벅지까지 전신 곳곳에서 격통이 솟구치고 있었다. 유일하게 흑선이 꿰뚫지 않은 곳은 검게 물든 두 손이었다.

털썩.

다리에 힘이 빠지면서 보기 흉하게 지면에 쓰러지자 격통이 전신을 달린다. 비명을 지르기 위해 벌린 입으로 들어온 흙에 비명조차 나오지 않았다.

지면과 부딪친 충격으로 간신히 부여잡고 있던 독기가 제어를 벗어나는 것을 느꼈다.

치이이익!

소리가 들릴 리 없건만 그의 귀를 가득 채우는 소리와 함께 방금과는 성질이 다른 고통이 신경을 타고 흘렀다. 그가 자랑하는 독공의 독기에 의해 신체가 말단에서부터 붕괴되고 있었다.

시체에서 느껴지는 강한 독기에 단사천은 눈을 찌푸리며 뒤로 물러섰다.

그간 몸에 쌓인 독 기운이 제어를 잃자 제멋대로 날뛰며 그 시체를 녹여내기 시작했다. 옷, 살, 뼈 가릴 것 없이 새하얀 연기와 함께 녹아내리더니 이내 검붉은 혈수가 되어버렸다.

단사천이 몸을 돌렸다.

흑주의 죽음으로 전황은 크게 변했다. 방금 전까지 맹렬하게 달려들던 마인들이었지만 흑주가 죽자 목숨도 아끼지 않고 몸을 던져오던 광신적인 모습이 사라졌다.

오히려 제 목숨을 보전하기 위해 조금씩 뒤로 물러서더니 단목혜와 무설이 가세해 몇 명인가 녹의인들이 베이고 찔려 쓰러지자 그대로 도망치기 시작했다. 현백기는 움직일 필요도 없었다.

단사천은 그녀들에게 합류해 녹의인들을 처리하기보다 쓰러진 관일문과 장삼에게 다가갔다.

"관 단주!"

"으으, 음……."

크게 소리쳐 불러도 제대로 된 대답이 돌아오지 않았다. 옆구리의 크게 벌어진 상처에서 피가 쏟아지고 그에 비례해 얼굴은 핏기가 사라져 창백했다. 고통으로 일그러진 얼굴에 식은땀이 비 오듯 흐르고 있다.

일단 급하게 옆구리의 상처에 지혈제와 금창약을 쏟아 부어놓고 움직였다.

주변에 쓰러진 녹의인들의 품에서 몇 개의 자기병을 찾아내기는 했지만 뚜껑을 열면 하나같이 독기만 강하게 올라왔다. 다른 자들도 마찬가지였다. 해독제로 보이는 것은 없었다.

그나마 해독제가 있을 가능성이 높은 것은 혈수로 녹아내린 흑주의 시체이던 것이지만 아무리 자기로 봉인해 두었다 해도 저 독기에 멀쩡할 것 같지는 않았다.

결국 사용할 수 있는 것은 개봉에서 쓴 그의 피뿐이었다.

'후우⋯⋯.'

나지막하게 숨을 고르고 손끝을 베어 그 피를 관일문의 입으로 떨어뜨렸다.

보통 사람들은 다룰 수 없는 영기가 섞인 피라는 점에서 걱정되기는 했지만 그리 오래 지나지 않아 전신에 가득하던 붉은 반점이 옅어지기 시작하고 식은땀이 멎었다.

안도의 한숨을 내쉬고 몸을 일으켜 장삼에게 향했지만 이번에는 단사천이 손을 쓰지 못했다. 이미 가부좌를 틀고 운기조식에 들어간 장삼이었다.

일그러진 얼굴과 달리 붉은 반점은 조금씩 연해지고 있었는데 혼자서도 무리 없이 해독해 가는 모양새였다.

"두 분 상태는 어때요, 오라버니?"

그리 멀리까지 쫓지는 않았는지 그새 돌아온 단목혜가 걱정스러운 눈빛으로 관일문과 장삼을 살피다가 안색이 온화해지는 것을 보고 작게 한숨을 내쉬었다.

"오라버니도 어디 다치신 곳 없죠?"

"단목 소저도… 아니, 혜 매도 다친 곳은 없어 보이니 다행이구나."

단목 소저라는 말에 눈을 가늘게 뜨며 다가오는 단목혜의 모습에 결국 혜 매로 호칭을 바꿔 말을 끝맺었다. 이런 상황에서도 호칭에 집착하는 모습에 헛웃음이 나왔다.

"어떻게 두 분 다 괜찮아 보이네요."

약간 늦게 돌아온 무설은 상당히 지친 모습이었다. 현백기의 질주를 따라잡은 것부터 꽤 무리한 그녀다. 어떻게 녹의인들과 싸우고 추격까지 하기는 했지만 이제 체력이 바닥을 쳤는지 걸음에 힘이 없었다.

"두 분은 어떻게 할까요?"

장삼과 관일문을 잠시 바라보던 무설이 그렇게 질문했다.

"어쩔 테냐? 남을 거면 남아라. 나는 혼자서 올라가는 것도 상관없다."

주변을 경계하던 현백기는 단사천이 생각에 잠기기 전에 그렇게 말하며 단사천의 어깨에서 뛰어내렸다.

호위는 없고 부상자 둘에 움직일 수 있는 인원도 다해서 네 명, 산을 내려가는 것이 옳은 선택일지도 몰랐다. 하지만 단사천이 고민에 빠지기 전에 먼저 두 목소리가 들렸다.

"제가 남을게요."

"아, 저도요."

단목혜와 무설이 차례로 말했다. 함께 남는 것은 의외였는지 잠시 서로를 바라보던 두 여인은 곧 시선을 단사천에게로 옮겼다.

"오라버니는 올라가실 거죠? 두 분은 걱정 말고 조심히 다녀오세요."

먼저 입을 연 단목혜는 가벼운 포옹이라도 하려했지만 제 몸에 묻은 무수한 핏물을 떠올리곤 그 말만 남기고 한 걸음 물러났다.

"그런데 그 검을 들고 올라갈 거예요?"

무설은 무운을 빈다거나 하는 말 대신 손가락으로 단사천의 검을 가리키며 그렇게 말했다.

"예? 이런……."

무설의 지적에 그제야 검에 눈길이 갔다. 명검은 아니더라도 상당히 괜찮았던 그 검은 처참한 상태가 되어 있었다.

원인은 고민할 필요도 없었다. 극독에 의한 부식이었다.

피한다고 피했건만 아주 잠깐 닿은 것만으로도 검은 수명을 다한 것 같았다.

주변을 둘러보며 다른 검이라도 주워 쓰려 했지만 제대로 된 검이 없었다. 있는 것이라고는 검집에 들어가지도 않을 것 같은 이상한 모양의 암살검이 대부분이었다.

망가진 검을 들고 난감해하고 있으니 무설이 제 검을 던졌다.

탁!

"무 소저?"

"제 손에 맞춘 물건이라 조금 가볍지만 그래도 꽤 좋은 검이니까 저기 있는 것들보다는 나을 거예요."

그녀는 고개를 설레설레 흔들며 말했다.

"하지만……."

"그냥 받아요."

거기까지 말한 무설은 더 듣지 않겠다는 듯 뒤로 몇 걸음 물러섰다.

"먼저 간다!"

기다리다 지친 현백기의 재촉이 귓가를 때리자 그제야 단사천은 가볍게 고개를 숙여 감사를 표하고 뒤돌아 자리를 떠났다.

十一 . 파군

청료의 눈이 절망으로 물들었다. 사방에 쓰러져 있는 매화검수들의 시체에 눈길이 닿았고, 저 구석에서 나뒹굴고 있는 태함 진인의 목, 그리고 검을 지팡이 삼아 겨우 버티고 있는 태청 진인이 보였다.

'장로님들마저……'

하지만 그 시체를 수습할 수도, 태청 진인을 도우러 움직일 수도 없었다.

주변에서 짓쳐들어오는 흑의인들이 그를 놓아주지 않았다. 벌써 그 손으로 베어 넘긴 적이 십여 명은 되는데도 여전히 습격자들은 매화검수를 압도하는 수로 몰아붙여 왔다.

도움이나 반격은커녕 몇 남지 않은 사형제들과 아직도 수
십 명은 남은 흑의인들을 상대로 등을 맞대고 겨우겨우 버티
는 것이 그의 한계였다.

"꽤나 즐거웠다."

땅에 무릎을 꿇고 있는 태청 진인과 달리 그 앞에 선 흑의
인에게는 여유로움이 가득했다.

"이제 더 싸우지는 못할 것 같군. 그럼 죽어."

망가진 장난감을 내다 버리듯 가벼운 음색으로 말하며 검
을 들어올린다.

사형제들의 목을 몇 번이나 떨어뜨린 마검이 태청 진인의
목덜미를 노리고 있었다.

속도를 높여 내달리던 단사천의 발이 멈췄다. 지금 향하는
길목, 병장기 부딪치는 금속성이 그곳에서 들려오고 있었다.

챙! 채채챙! 채챙!

겹쳐 들리는 소음이다. 한두 명이 내는 소리가 아니었다.
싸움의 규모가 작지 않을 것이 분명했다.

'우회? 아니면 합류?'

우회해 바로 영지를 향하는 방법도 있고 합류해 화산파 무
인들과 함께 움직이는 방법도 있었다. 어느 쪽이든 일장일단

이 있었다. 하지만 고민할 새도 없이 움직여야 했다.

"시간 없다!"

"잠깐. 왕야!"

고민할 시간이 아깝다는 듯 내달린 현백기의 뒤를 따라 뛰었다. 천원행의 묘리에 따라 진기를 아낌없이 쏟아내고 있음에도 현백기를 따라잡을 수가 없었다.

사람은 지나가기 힘든 길목마저 아무렇지도 않게 지나가 버리는 현백기를 따라잡지 못하는 것은 당연했다.

전력을 다해 겨우 놓치지 않는 정도였지만 험한 짐승 길을 내달린 덕에 병장기 소리가 들린 곳까지 도착하는 것은 금방이었다.

수풀을 헤치고 나서는 순간 시야를 가득 채운 것은 목적지인 영지로 가는 계곡을 배경으로 막 검을 내려치고 있는 흑의인과 그 앞에서 쓰러지고 있는 노도사, 그 뒤로 수십 명의 무인들이 어지럽게 뒤엉킨 광경이었다.

채챙! 챙!

시끄럽게 이어지는 병장기 소리 속에서 현백기의 모습을 찾았지만 어디로 갔는지 보이지 않았다. 하지만 그렇다고 느긋하게 현백기를 찾고 있을 수만은 없었다.

"뭐지, 너는?"

흑의인은 절반쯤 내린 검을 멈추고 단사천을 바라봤다. 등 뒤에서 벌어지는 살육 따위는 신경 쓰지 않는 여유로운 모습이었지만 줄기줄기 뿜어내고 있는 기도는 오히려 흑의인 쪽이 저 뒤편의 살육장보다도 더욱 험악했다.

"그때 그……!"

전신에서 흘러넘치는 살기와 투기가 익숙했다. 딱히 떠올리려 노력할 필요도 없이 떠오르는 기억이 있었다.

그날 개봉에서 무설을 습격하고 단사천을 함께 엮어 처리하려 한 수라문의 마인 흑검이었다. 모든 일의 시작이라고 할 수 있는 자였다.

단사천의 반응에 의아해하던 흑검은 이내 눈을 크게 뜨며 날카로운 웃음을 내보였다.

웃음과 함께 그렇지 않아도 사납던 흑검의 기세가 더욱 요동쳤다.

"이렇게 다시 만나는군. 오늘은 운이 좋아. 추영장에 화운검, 그리고 청의검협인가? 정말로 운이 좋은 날이야."

이빨을 훤히 드러내고 웃는다. 그날 개봉에서 검격을 나눌 때 보인 광기가 다시 보이는 것 같았다.

"그럼 일단 이것부터 치울까."

흑검의 눈이 피를 토해내는 태청 진인을 향했다. 검을 고쳐 쥐고 높이 들어 올리는 모습에서 목적을 짐작할 수 있었다. 묵색 칙칙한 빛의 검이 떨어져 내렸지만 흑검의 검은 이번에도 목적을 이루지 못했다.

따아앙!

어느새 허공에 그어진 흑선이 검을 튕겨냈다. 삼 장이 넘는 거리를 어느새 반으로 줄이며 검을 내친 단사천의 모습에 놀란 흑검이었지만 곧 다시 예의 날카로운 웃음을 띠어 보였다.

"거기서 더 빨라질 여지가 있었나?"

"……."

"아무래도 좋다. 네놈과 다시 칼부림할 날을 기다리고 있었다. 그날은 중간에 흥이 깨졌지만……."

그렇게 말하며 거리를 좁혀오는 흑검은 이제 태청 진인에게 완전히 관심을 잃어버린 모양새였다.

척.

몇 걸음 걷자 이제 둘 사이의 거리는 일 장도 되지 않는 정도까지 가까워졌다.

흑검의 얼굴에 사나운 웃음이 떠오르고 그 어깨가 움직였다.

카아앙!

그 이상은 볼 필요도 없었다. 왼손에서 느껴지는 통증을 무시하고 검을 내쳤다. 흑검과 단사천의 중간에서 불꽃이 튀었다.

더 정확히는 단사천보다 흑검 쪽에 가까운 충돌 음과 불꽃이었다. 흑검이 먼저 움직였어도 속도는 단사천이 위였다.

개봉에서의 싸움과 다른 점은 양측 모두 한 단계, 아니, 몇 단계 더 높은 경지에 올랐다는 것 정도이고 그 외에는 그날의 싸움과 다를 바 없었다.

챙! 채채챙! 카앙!

요혈을 노리고 파고드는 흑검의 쾌검은 단순히 빠르기만 한 것이 아니라 매화검의 그것과도 비견될 정도로 수준 높은 환검이기도 했다.

내치는 검의 폭발적인 속도 속에 허초와 실초가 뒤섞여 전신 요혈을 동시에 노려오고 있었다.

복잡한 수 싸움을 강요하고 설령 수읽기에 성공하더라도 이번에는 쾌검의 속도에 대응하지 않으면 안 되었다.

더욱이 검법에 담긴 살기가 터무니없이 짙었다. 수와 속도 양쪽에 대응하지 못하면 전신이 피범벅이 되어버릴 정도였다.

"좋아! 좋다!"

검이 수십 개로 분열했다. 극쾌에 뒤섞인 환검의 묘리가 만들어내는 모습, 변화가 심해지고 속도가 빨라짐에 따라 어느새 수백 개로 늘어난 검에는 잔상과 실체가 공존하고 있었다.

단사천은 검을 납검하고 그 모습을 바라봤다. 수백 개의 가지로 뻗어 나가는 변화는 눈에 담는다 하여 다음 길을 알 수 있는 것도 아니고, 그에게는 변화를 예측하고 앞길을 막는 검기(劍技)도 없다. 하지만,

'좌상.'

퀴이이이잉! 파아앙!

그 변화를 이끌어내는 것은 결국 한 자루의 검이다. 변화를 일으키기 위해 멈춘 그 순간 흑선이 사선으로 뻗어 나갔다.

평소 이상으로 거친 흑선이 수백 자루의 검을 갈라내고 그 속에 있던 실체를 튕겨냈다. 검을 쥐고 있는 흑검의 손이 크게 튕겨나가자 허공을 가득 메우고 있던 검의 잔상도 사라졌다.

"크윽!"

그날 개봉에서와 마찬가지로 방위를 점하는 보법, 검에 쌓인 경험과 심득, 내공의 운용, 배짱과 살기까지 전부 흑검이 단사천을 압도했다.

단사천이 앞서는 것은 오직 검속 하나. 하지만 그것만으로도 충분했다. 반격도 대응도 허락하지 않는 무광검도의 절대적인 속도, 그것만으로도 단사천은 흑검을 몰아붙이고 있었다.

채애앵!

흑검이 튕겨나간 검을 끌어당기며 간신히 단사천의 다음 공격을 막아냈지만 어깨와 옆구리에 얇은 실선이 생겼다. 제대로 막아내지 못한 모습이다.

촤학!

결국 허벅지를 깊게 베이며 피가 뿜어져 나왔다. 흑색 장포가 검붉은색으로 변해가고 있다. 그것으로도 모자라 점점 범위를 늘려가더니 얼마 지나지 않아 발아래 작게 피가 고였다.

저 정도로 피를 흘린다는 건 근육은 물론이고 혈관까지도 베였다는 소리다.

"아직도 더 빨라지고 있나? 정말이지… 네놈은 최고다!"

그래도 흑검이 얼굴에 떠오른 웃음은 사라지지 않았다. 상처가 늘고 피가 흐를수록 오히려 더 짙어지는 광소(狂笑)였다.

"하하하하! 그래, 이 정도는 해야지! 광마 놈을 쳐 죽일 정도면 이 정도는 해야지!"

거기까지 말한 흑검은 검을 들지 않은 손으로 제 몸 혈도 몇 곳을 빠르게 짚었다.

그러자 흑검의 눈이 붉게 충혈되기 시작했다.

"크으윽……!"

고통을 참는 억눌린 신음과 함께 점차 붉어지던 흰자위가 이윽고 완전히 붉은색으로 가득해지자 전신에서 뿜어져 나오던 기세가 한층 난폭하게 변했다.

기세에 따라 검마저 한층 빨라지고 변화도 격해졌다. 여전히 전신 사혈을 노려오는 검의 궤적은 크게 달라진 것이 없었지만 그 안에 담긴 살기는 몇 배나 급증했다.

종국에는 전신에서 뿜어내는 마기에까지 피의 붉은색이 실렸다. 검붉은 기가 전신을 감싸는 모습이 마치 전신에서 피를 흘리는 것 같았다.

흑검의 기괴한 모습에 단사천은 공격을 이어가야 한다는

것을 잊어버렸다. 그 생각의 틈새로 흑검이 몸을 던져왔다.

넘실거리는 검붉은 마기가 검에 휘감겨 짓쳐들고 있는 모습은 위압적이었지만 엉성했다. 전과 같은 묘리도 심득도 담겨 있지 않은, 그저 마구잡이로 내치는 검격. 급격하게 커져 버린 힘에 휘둘리는 것 같은 검이다.

담긴 힘이 거대하니 무시할 수는 없었지만 검 뒤로 훤히 드러나는 빈틈까지 가릴 수준은 아니었다.

아직도 피가 흐르는 허벅지와 옆구리, 어깨 곳곳이 비어 있다. 속도가 더 빨라지고 변화가 심해졌다지만 아직은 이쪽이 우위였다. 단사천의 눈이 빛나고 검집에서 검이 튀어나갔다.

키이이이잉!

검날을 강하게 때리는 허공의 압력을 느끼며 내뻗은 검격은 목적한 곳에 닿지 못하고 되돌아와야 했다.

파카앙!

"흡!"

간신히 목전에 이른 흑검의 검을 쳐냈다. 검은 쳐냈지만 짐승의 이빨처럼 난폭하게 뻗는 마기에 몇 걸음 더 물러서야 했다.

"이… 미친……!"

검을 찌르려던 순간 보인 흑검의 눈은 광마의 그것을 떠올리게 했다. 흑검은 옆구리로 향하던 단사천의 검을 그대로 몸으로 받아낼 생각이었다.

그러면서 자신의 검은 단사천의 목에 쑤셔 박으려는 각오가 느껴지는 눈동자.

죽어도 좋다는 의미가 여실히 보이는 동귀어진의 수였다.

물러난 단사천을 보며 흑검이 예의 날카로운 웃음을 띠며 입을 열었다.

"뭐야? 안 찌르나?"

흑검이 양팔을 벌리고 전신을 노출했다. 웃음으로 휘어진 눈 사이로 살기와 광기가 줄기줄기 뿜어져 나오고 있다. 거기에 기괴한 모습이 더해지니 위압감의 수준이 더했다.

"그렇게 목숨이 아깝나?"

사나운 웃음을 지으며 성큼성큼 거리를 좁히더니 곧장 검을 내쳐왔다. 눈, 목, 심장 등 급소만을 노리는 살기 짙은 검격에 단사천은 뒤로 물러나며 세 번의 검격을 짧게 내쳤다.

챙! 채챙!

"당연히 아깝지!"

거리를 벌리고 소리쳤다. 목숨이 아깝지 않은 사람이 누가 있을까. 더욱이 이 소란이 벌어진 화산에 올라온 이유부터가 살기 위해서이다. 삶에 대한 집착, 보신에 대한 집착이라면 천하에서 누구보다도 질기다고 자부할 수 있다.

"그러면 왜 검을 들었나? 강해지고, 싸우고, 이기고 싶어서가 아니냐?"

한층 광기가 심해진 흑검은 맹수의 포효처럼 그렇게 외치고는 다시 달려들었다. 내쳐오는 흑검의 검은 이제 형식이 남아 있지 않았다.

본능과 힘에 의해 그저 급소만을 노리고 짓쳐드는 검에 단사천은 또 뒤로 물러났다.

더욱 빨라진 공방이지만 여전히 흑검의 속도는 단사천의 무광검도에 비해 한 수, 아니, 두 수는 뒤지고 있었다.

그럼에도 공세로 나아가질 못한다. 방어를 도외시한 광기의 검을 걷어내기에 급급했다. 거리를 벌리려 해도 뒤로 걸어야 하는 단사천과 그저 앞으로 내달리는 흑검의 차이 때문에 거리도 벌어지질 않았다.

"너 같은 미친놈들 때문에 배웠다! 길 가다 눈먼 칼 맞고 죽기 싫어서!"

끈질기게 따라붙는 흑검에 울분을 담아 검을 내쳤다. 조금 힘을 과하게 담은 탓에 자세가 불안해졌다.

그런 틈을 놓칠 흑검이 아니었고, 단사천은 황급히 검을 회수했지만 불안한 자세에서 제대로 받아낼 수 있을 리 없었다.

까아앙!

찢어질 듯한 금속성이 터져 나오고 불안해진 자세는 그대로 무너졌다.

다시 흑검의 검이 찔러들어 왔다. 이제 선택은 위 아니면 아래였다. 뛰어 피할 것인지 바닥을 굴러 피할 것인지.

결정은 금방 났다.

쐐애애액!

바닥을 굴렀다. 눈앞, 조금만 낮았어도 코가 베였을 정도로 가까운 곳을 흑검의 마검이 스쳐 지나갔다.

무너진 자세 그대로 바닥을 굴러 흑검의 사정거리를 벗어난 뒤 일어섰다. 나려타곤, 땅을 굴러 공격을 회피하는 행동을 일 컫는 말이다. 체면을 중시하는 무인이라면 목숨이 위험해도 하 지 않을 행동이지만 그런 걸 신경 쓸 단사천이 아니었다.

어느 정도 거리가 벌어지자 단사천은 겨우 납검을 하고 자 세를 잡았다. 제대로 된 자세에서 전력으로 일격을 쳐내는 정 도가 아니라면 지금의 흑검은 상대하기 힘든 상대였다.

하지만 흑검은 다시 광폭한 공격을 이어가기보다 검을 내리 고 단사천을 노려보았다. 나려타곤이라는 수치스러운 행동에 실망한 것은 아니었다.

"호신술이라……. 그럼 네가 우리 회의 행사에 끼어든 것이 전부 우연이라도 된다는 소리냐?"

"그래, 우연이다!"

치솟는 답답함에 즉답했다. 악연의 시작인 개봉에서도 그 가 먼저 시작한 싸움이 아니었다. 그대로 도망가겠다는 걸 굳 이 붙잡아 싸운 것은 흑검이 아니던가.

의선문에서도 그랬다. 그는 습격을 받았고 대응했을 뿐이다. 그리고 귀독은 그를 영지를 찾아다니지 않으면 안 되는 몸으로 만들어 버리기까지 했다.

광마도 다를 건 없었다.

따지고 보면 원인은 전부 저들에게 있지 않은가. 결국 치밀어 오르는 답답함을 견디다 못해 손이 움직였다.

분노를 담은 무음의 일격이 거칠게 뻗어 나갔다.

퀴이이이잉! 카아아앙!

기습적인 일격이었지만 목표로 노린 요혈에는 닿지 않았다. 자세를 잡을 때부터 이미 요혈을 가리고 있던 검에 빗겨나가 기껏해야 어깨 바로 밑을 작게 그어낸 수준.

뒤이은 충격파가 상처를 헤집어 피는 꽤나 나오는 것 같지만 치명상이 아니고는 흑검의 기세에 영향을 줄 수 없었다.

납검의 순간, 흑검이 빠르게 거리를 좁히며 쇄도했다.

"그 말을 믿으라고?"

채앵! 챙! 카아앙!

흑검을 향해 검을 짧게 끊어 쳤다. 세 번의 검격, 폭발적인 내력의 운용 없이 가볍게 내지른 무영 수준의 검속이었지만 흑검의 발을 묶고 거리를 유지하게 하는 데에는 충분했다.

서로 간에 죽음을 각오하지 않으면 안 되는 거리에 닿지 못한 흑검이 눈살을 찌푸리며 입을 열었다.

"뭐, 그런 건 아무래도 좋다. 여기까지 온 이상 이제 중요한 건 그런 시시한 동기가 아니라 누가 죽고 누가 죽이냐니까."

흑검은 그렇게 말하고는 방금까지와는 또 다른 자세로 검을 치켜들었다. 인체의 극한까지 당긴 검은 마치 시위에 걸린 화살과도 같았다.

"이번엔 멈추지 않는다. 이번에야말로 결정하자, 점창과 도사. 누가 죽이고 누가 죽을 건지."

팽팽하게 당겨진 긴장 속에서 언제든지 움직일 수 있도록 자세를 바로하며 각오를 다시 했다. 흑검이 말한 것처럼 이제 와서 화해하고 제각각의 길을 가는 것 따위는 불가능했다.

같은 것을 목표로 하며 서로에게 양보할 수 없다면 부딪쳐 깨질 것이 누구인지 결정해야 했다.

기를 가다듬고 흑검을 주시했다. 언제 검이 뽑혀도 이상할 것 없는 긴장 속에서 갑자기 천지가 뒤흔들렸다.

'크윽!'

또 그 포효였다. 천지가 뒤흔들린 것 같은 포효. 흑검 때문에 내기를 한껏 끌어올려 전신을 보호하고 있지 않았다면 내상을 입어도 이상할 것 없는 위압감이었다.

한순간 아득해진 정신을 다시 부여잡고 정면을 노려보았다. 이 틈을 노리고 공격할까 싶었지만 흑검도 상황은 크게 다르지 않아 난폭하게 일렁이던 마기가 흐트러져 있다.

그 위압감에 멈춘 것은 흑검과 단사천만이 아니라 난마(亂麻)로 얽혀 있던 싸움이 일순이지만 멈췄다. 매화검수들과 흑의인들의 시선이 포효가 터져 나온 계곡을 향했다.

얼마 지나지 않아 까마귀의 깃털처럼 빛나는 흑의를 입은 외팔사내가 협곡 안쪽에서 달려 나왔다.

팔 한쪽이 덜렁거리고 있고 시체라고 해도 믿을 정도로 창백한 피부에 머리카락과 눈썹마저 백색이고 눈동자는 흰자위가 없이 오로지 검은색인 괴인이었다.

"일이 틀어졌다! 전원 철수한다!"

마치 쇠를 긁는 것 같은 사내의 목소리에 흑의인들의 움직임이 멎었다. 매화검수들의 목을 취하기 직전이던 자들도 곧장 거리를 벌려 방금 협곡에서 나온 사내에게로 몰려갔다.

"헛소리 마라! 아직 결판이……."

유일하게 흑검만이 그렇게 외쳤지만 시체 같은 외견의 외팔이사내는 예의 쇠를 긁어내는 것 같은 목소리에 살기까지 담아 외쳤다.

"여기서 더 지체할 시간이 없어! 영지의 작업은 끝났지만… 파군이 폭주했다! 거기에 조금만 지나면 연화봉에서 무림맹 놈들이 온다! 여기서 죽어 청면수라 꼴이 되고 싶은 거라면 말리지 않겠지만 아니면 움직여라!"

결국 물러선 것은 흑검이었다. 팽팽하게 당겨져 있던 검을 늘어뜨리자 전신에 가득하던 마기도 가라앉았다.

코와 입으로 피를 흘리고 붉게 충혈된 두 눈도 당장 피를 흘릴 것 같았다. 전혀 멀쩡하지 않은 상태였지만 살기만큼은 그대로였다.

"또 이렇게 중간에 방해를 받는군. 다음에는 무슨 일이 있어도 죽여주마."

시선을 거둔 흑검은 외팔의 괴인이 서 있는 방향으로 발을 옮겼다. 거리가 충분히 멀어지기까지도 긴장은 풀지 않았다. 저 살기를 대면하고 있으면 어쩔 수 없었다.

시선이 흑검을 따라가다가 괴인에게 닿았다. 어딘가 익숙한 기운. 저 불길한 기운은 복건성에서 그 목을 벤 마인의 그것과 너무나 닮아 있었다. 떠오르는 얼굴이 선명했지만 그럴 리는 없었다.

'마지막 확인까지 끝냈으니까.'

생각은 거기까지였다. 현백기가 계곡에서 뛰쳐나오고 있었다. 흑의인들과 매화검수들 사이를 빠져나오는 발걸음에는 외팔괴인처럼 다급함이 깃들어 있었다.

"대체 어디에서 뭘……."

싸움에 미친 마인 하나와 생사투를 하게 된 원인제공자를 향해 무어라 쏘아붙이려 했건만 말을 이어갈 수 없었다.

현백기의 뒤로 집채만 한 검은 호랑이가 계곡의 안개를 헤치고 나타났다.

*　　　　*　　　　*

납탑파군.

천하에서 가장 위험한 마물(魔物)이며 동시에 영물(靈物)인 괴물(怪物)이 그의 눈앞에 무릎을 꿇고 있다.

옅은 금빛이 감돌던 털가죽은 동굴 바닥에 고인 수십 명 분의 핏물에 적셔져 찬란한 빛을 잃고 검붉은색으로 물들어 있다.

"정말이지, 날뛰기는……."

작은 초가집만 한 그 거체를 바닥에 매어 두기 위해 혼천종이 몇 년에 걸쳐 제작한 무수한 법구들이 소모되었고, 용살귀중(龍殺鬼衆)의 교인 수십 명이 또 그 목숨을 바쳐야 했지만 그런 것을 감안하더라도 이 대호의 값에 비하면 싼 것이었다.

이것이 성공한다면 바깥에 있는 매화검수들은 물론이고 연화봉에 있는 구파와 제갈의 무인들까지 한 번에 휩쓸어 버리고 중원 무림의 저력을 한 번에 끌어내릴 수 있는 기회였다.

[크르르르!]

귀가 아니라 뇌에 직접 닿는 것 같은 울음소리는 더 이상 살아 있는 몸이라고 할 수 없는 그에게까지 영향을 미치고 있었다.

절로 손이 떨리고 오금이 저려온다. 그나마 역천자(逆天者)의 몸이기에 이 정도이지 살아 있는 자였다면 그대로 실신해도 이상할 것 없을 정도로 농도 짙은 살기였다.

"먹을 때는 그렇게 즐겁게 먹어치우더니 왜 이제 와서 화를 내는지 모르겠군."

하지만 그래봐야 움직일 수도 없는 우리 안의 호랑이였다. 발톱을 내뻗을 수도, 이빨로 깨물 수도 없는 것을 무서워할 필요는 없었다.

"그럼 마무리를 짓자, 파군이여. 이 영지에 묻힌 네놈의 살의(殺意), 요광성의 업을 돌려주마."

진심에서 우러나온 웃음을 지으며 품에서 검은 쇠막대를 꺼내 들었다.

알아볼 수 없는 주술문(呪術文)이 붉은색으로 음각되었는데 그 문자열에서 소름 끼치도록 차가운 악의와 살의가 흘러나와 법구에 깃들고 있었다.

점차 다가오는 그를 향해 납탑파군이 할 수 있는 것이라고는 이빨을 드러내고 털을 곤두세워 위협하는 것이 전부였다. 전신을 동여맨 검은 쇠사슬과 붉은 동아줄은 다가오는 검은 법구에서 고개를 돌리는 정도도 허용하지 않았다.

치켜든 법구에 음습한 사기(死氣)가 모여든다. 법구가 지닌 살의와 악의에 섞여 검은 바람에 휩싸인 것처럼 보이는 수준이었지만 내려치기 직전에 방향이 흐트러졌다.

쿠웅!

등을 울리는 충격이다. 무게는 대수로울 것 없었지만 충만한 영기가 만들어낸 충격량은 파군의 미간을 노리던 법구가 본래 노린 위치를 벗어나 허공을 휘젓게 만들기에 충분했다.

"동홍왕… 이 너구리가!"

등을 돌려 뒤를 확인할 필요도 없었다. 이 정도로 영기를 사용할 수 있는 영물 중 화산 근방에 있는 것을 확인한 것은 현백기 하나였다.

"한 번 죽었으면 얌전히 무덤에나 묻혀 있을 것이지 왜 애먼 호랑이는 건드리고 있는 것이냐?"

현백기의 전신에서 피어나는 영기에 사내는 뒤로 물러섰다. 몸을 이루고 있는 사기(死氣)가 뚜렷한 의지를 가지고 뿜어지는 영기에 닿자 흔들린 탓이다.

회복되어 가던 팔에서 검게 죽은피가 흘러내렸다. 영기에 반응한 사기가 몸 안으로 숨으며 회복시킨 상처가 터져 버린 것이다.

'이제 거의 다 끝났건만… 방해라니……!'

그는 흐르는 피를 보며 얼굴을 굳히곤 생각에 잠겼다.

현백기의 무력은 별것 없는 수준이다. 뒤에 있는 황실과의

인연이나 머리에 담은 지식은 경계하고 있었지만 무력은 수백 년에 이르는 수행에 어울리지 않게 빈약했다. 혼자서도 얼마든지 처리 가능한 수준.

하지만 지금은 상황이 좋질 못했다.

'법구들도 전부 소모해서 직접 싸우기는 힘든데… 제기랄, 흑검 이놈은 길을 막는 것도 제대로 못하는 건가.'

분명 또 적당히 강한 무인을 상대로 싸우느라 주변을 보지 않은 것이 분명했다. 귀독이 배움에 미치고 그가 믿음에 미쳤다면 흑검은 싸움에 미친 귀신이었다. 눈으로 보지 않아도 알 수 있었다.

까득!

치솟은 분노를 삭이기 위해 이빨을 짓씹자 부서질 듯한 소음과 함께 겨우 정신이 가라앉았다.

'쓸 수 있는 건 뭐가 남았지?'

차분히 전력을 확인했다.

체내에 축적한 사기와 마기는 영지에 침입하고 파군을 상대하느라 이미 절반 이상 소모했다. 마기는 몰라도 사기는 이 이상 소모할 경우 신체를 지탱하는 것도 힘들었다.

널린 것이 시체이니 다시 보충하려면 얼마든지 보충할 수 있었지만 저 시체들은 영지를 망가뜨리기 위한 제물이었다. 정말 급해지면 사용하겠지만 아직은 아니었다.

'법구는 이것 하나뿐.'

손에 쥔 나찰정(羅刹釘)은 회에서도 몇 개 없는 수준의 법구지만 사용처는 이미 정해져 있었다. 파군의 뇌에 박아 넣어 영성을 지우고 마성(魔性)을 일깨우는 것.

담긴 악의와 살의의 총량은 무진장이라 해도 좋았지만 파군의 힘을 생각하면 낭비할 수 없었다.

'하필 지금……'

움직일 수 있는 수하도 없고 직접 움직이기도 변변치 않은 상황. 그나마 납탑파군을 봉인한 법구들은 단시간에 어떻게 할 수 있는 것이 아니라 저 대호의 분노를 감당할 필요가 없다는 것 정도만이 위안이었다.

'하는 수 없지.'

손에 든 법구를 역수로 쥐고 자세를 낮췄다. 팔 한쪽이 떨어져 균형이 조금 어긋나기는 했지만 신체 결손 정도는 익숙했다.

'손해를 감수한다.'

의지가 심장에 자리한 마기를 움직이자 차갑게 굳은 심장이 맹렬히 뛰며 검은 피를 전신으로 흘려보냈다.

동굴 벽에 고정시킨 횃불의 빛이 가려질 정도로 짙은 마기에 나찰정의 악의와 살의가 반응해 용천(龍泉)이 솟아나듯 벌컥벌컥 풀려 나오기 시작했다.

탓!

가벼운 소음과 함께 몸이 화살처럼 앞으로 쏘아졌다. 나찰정을 쥔 손을 앞으로 하고 현백기의 작은 몸을 노려갔다.

급소를 노릴 필요도 없었다. 너구리의 작은 몸이라면 어디를 어떻게 찔러도 급소나 다름없었고 손에 든 나찰정에 깃든 기운이라면 생채기만으로도 충분했다.

"어딜!"

현백기도 나찰정에 담긴 기운을 읽었는지 크게 뛰어 회피했다.

명색이 영물이니 당연히 나찰정을 경계하리라는 것 정도는 이미 예상하고 있었다. 그래서 나찰정을 앞세운 것이다. 현백기가 향하는 방향은 팔이 없는 그의 왼편, 이것도 예상 내의 일이다.

그리고 이것이 그의 노림수였다.

투둑! 촤악!

내공으로 가볍게 지혈한 상처를 크게 열어젖히고 현백기를 향해 휘둘렀다. 그러자 그 안에 담겨 있던 검은 피가 현백기를 덮쳤다.

'닿았나?'

그의 피에는 마기와 사기는 물론이고 결코 가볍지 않은 수준의 시독(屍毒)에 나찰정의 악의와 살의까지 섞여 들어가 한 방울로도 일반인이라면 몇 명이나 죽을 수 있는 극독이었다.

이 정도 양을 한 번에 뒤집어쓴다면 어지간한 영물도 상당한 피해를 입을 수준. 하지만 현백기는 허공에서 몸을 뒤틀더니 겨우 몇 방울의 핏물에 닿는 선에서 몸을 지켜냈다.

새하얀 털가죽에 묻은 검은 핏자국은 조금씩 그 크기를 늘려가며 영기를 침식해 들어갔지만 겨우 저 정도로는 그가 감수한 손해에 비해 너무나 미약했다.

하지만 득의의 미소를 떠올린 것은 현백기가 아니라 그였다.

"큭!"

사내의 미소를 보고 현백기는 스스로의 실책을 깨달았다.

나찰정을 경계하느라 거리를 벌리고 사내의 왼팔에서 터져 나온 마기가 담긴 새까만 핏물을 피하느라 다시 또 거리를 벌렸다.

결국 현백기의 위치는 동굴 입구 근처까지 밀려난 상황. 그에 비해 사내는 처음의 위치에서 그리 멀리 움직이지 않았다.

'이제 와서 깨달아도 늦었어.'

이 상황이야말로 그가 노린 것이었다. 네발짐승이 인간보다 빠르다고는 하지만 경공을 익힌 무인이라면 이야기가 달라진다. 하물며 거리까지 두 배 가까운 차이가 남에야 따라잡혀 방해 받을 걱정은 없었다.

'하지만 아직 방심은 금물이다.'

따라잡힐 걱정은 없었다. 하지만 대법의 마지막 수순은 한순간에 끝나는 것이 아니다.

나찰정을 파군의 미간에 박아 넣고 동굴에 가득 모은 마기와 사기를 유도할 시간도 필요했다. 그리 긴 시간이 필요한 것은 아니지만 현백기가 방해할 시간으로는 충분했다.

'진짜는 이제부터.'

몸을 돌려 파군에게 쇄도했다. 그리 멀지 않은 거리, 찰나의 순간이면 충분했다.

[크르르르!]

명백한 적의와 살의가 담긴 파군의 눈과 마주쳤지만 이미 치켜 올라간 손은 멈출 수 없었다. 한껏 끌어올린 악의와 마기로 새까맣게 물든 나찰정이 파군의 미간에 틀어박혔다.

콰드득!

'들어갔다!'

뼈가 갈리고 깨지는 섬뜩한 소리와 그 너머의 부드러운 감촉이 나찰정을 타고 올라와 손을 적셨다.

본래라면 훨씬 더 세심하게 조정하며 꽂아 넣어야 하지만 어쩔 수 없었다. 등 뒤에서 느껴지는 현백기의 기척은 그가 대법을 제대로 완성할 때까지 기다려 줄 만큼 여유롭지 않았다.

그저 두개골을 뚫고 뇌에 찔러 넣을 정도로 강하게 내려치는 것이 그가 할 수 있는 전부였다.

촤악!

등을 타고 화끈함과 차가움이 동시에 올라왔다. 역천회혼의 술로 시체의 그것과 다를 바 없어진 감각이 일깨워지는 듯

한 고통이다.

"대체 무슨 짓을 하는 거냐!"

분노와 당황으로 가득한 현백기의 음성이 들리고 이어서 또 한 번의 고통이 내달렸다.

너구리의 신체가 가지는 한계 탓에 아무리 날카로운 발톱이라도 등에 새겨진 상처는 크지 않았지만 그 상처로 파고드는 영기에 무릎이 꺾였다.

"크윽!"

태산의 영기가 품은 수기(水氣)가 마기를 밀어내고 그 자리를 차지하자 뼛속까지 얼어붙는 것 같은 한기가 몰려왔다. 현백기가 남긴 상처를 기점으로 점차 퍼져 나가는 영기는 그렇지 않아도 창백한 피부를 파랗게 얼려 버렸다.

예의 검은 피조차 얼어버려 흐르지 않는 모습이 기괴했다.

영기의 침입에 날뛰는 마기와 사기를 끌어 모아 저항하지만 파군의 두개골을 뚫을 때 사용한 양이 너무 많았다.

신체 내부로 파고든 영기도 그리 많은 양은 아니었지만 육체를 유지하고 영혼을 붙드는 사기를 흔들 정도는 되었다.

이 상태에서 한 번 더 공격을 받는다면 치명상에서 끝나지 않을 것이 분명했지만 현백기의 관심은 그가 아니라 그가 파군의 미간에 남긴 나찰정에 고정되어 있었다.

"잘도 이런 마물을……."

침음성과 함께 얼굴을 찌푸린 현백기는 곧장 얼굴 바로 앞까지 뛰어갔지만 나찰정에 손을 대지는 못하고 상태만 확인할 뿐이었다.

이미 두개골을 뚫고 뇌까지 파고든 나찰정이다. 잘못 건드렸다가는 그대로 절명할 수도 있으니 현백기는 섣불리 손을 대지 못하고 있었다.

"제기랄, 이런 건 어디서 이렇게 가져온 거야. 풀리지도 않는데… 정신 차려 봐라, 망할 호랑이!"

할 수 있는 것은 흐려져 가는 파군의 의지를 붙잡기 위해 이름을 부르고 영기를 전하는 것 정도. 한껏 끌어올린 영기에 의해 동굴의 온도가 크게 내려갈 정도이다.

파군의 수염에 서리가 내려앉고 가쁘게 내쉬는 숨이 입김이 될 정도로 짙어진 영기를 유지하느라 현백기는 그가 쓰러뜨린 마인이 느리게나마 움직이고 있는 것을 깨닫지 못했다.

'지금… 움직인다.'

파고드는 한기와 흩어지는 마기의 이중고를 참아내며 느릿하게 팔을 움직여 구석에 쌓인 시체더미를 향해 기어갔다.

시체의 가슴을 열고 아직 더운 피가 고인 심장을 꺼내 씹었다. 효율이라면 하나를 완전히 먹어치우는 편이 좋지만 한시라도 빨리 움직여야 하는 상황에서 그런 여유를 부릴 수는 없었다.

으적!

'동흥왕이 손을 쓰고는 있지만… 곧 폭주한다. 최소한만 회복하고 기운을 보충하면 곧바로 도망쳐야 해.'

간신히 하나의 심장을 먹어치우고 한기를 몰아냈다. 두 번째 심장으로 상처를 회복하고 기운을 보충했다. 그야말로 최소한의 보충이지만 더 시간이 없었다.

태엥! 찌직!

파군을 구속하고 있던 법보들이 끊어지는 소리가 들리고 악의와 살의로 범벅된 압도적인 존재감이 포효가 되어 동굴에 메아리쳤다.

*   *   *

거대한 체구의 호랑이다.

사람의 키보다도 큰 체고(體高)에 검붉은 핏자국이 곳곳에 남은 남청색 털가죽과 흑색 줄무늬, 악의와 살의로 탁해진 황금빛의 눈동자, 보검을 박아놓은 것 같은 이빨과 낮게 울리는 울음소리에 자리에 있는 모두의 병장기가 흑호를 향했다.

압도적인 존재감과 위압감이 흑호에게서 눈을 돌릴 수 없게 하고 있다.

"멀쩡한 자는 앞으로, 부상자들은 장로님을 모시고 뒤로 빠져!"

"가라! 우리가 빠져나갈 때까지 시간을 벌어!"

흑호의 등장과 함께 외팔괴인과 청료의 입에서 외침이 터져나왔지만 내용은 정반대였다.

앞장서는 청료와 뒤로 빠지는 괴인의 모습은 대비되었지만 가장 위험한 것이 서로가 아니라 눈앞의 거대한 흑호 파군이라는 판단만큼은 겹쳤다.

화산파 무인들과 마인들 모두 명령에 따라 일사불란하게 움직여 파군의 양옆으로 자리 잡았다.

파군을 포위하듯 자리를 잡기는 했지만 흑의인들이나 매화검수들이나 모두 치열한 싸움으로 지친 기색이 역력했다.

그들이 숨을 고르며 기운을 가다듬는 동안 파군의 거체가 땅을 박찼다.

"커헉!"

"으아악!"

가벼운 움직임이었지만 경로 상에 서 있던 흑의인과 매화검수들이 종잇장처럼 날려갔다.

카앙!

간신히 파군의 공격에서 몸을 피한 매화검수 하나가 발작적으로 검을 내질러 봤지만 살아 있는 동물의 가죽과 검이 부딪치는 소리라고는 생각되지 않는 소리가 나며 검이 그 위로 미끄러졌다.

"제길! 검이……."

검은 털가죽을 베어내지도 못하고 미끄러지고 발톱에 걸린 흑의인 하나는 그대로 몸이 세 조각으로 나뉘었다.

천하 어디에서도 고수로 인정받을 매화검수들과 그런 매화검수를 상대하던 흑의인들이 변변한 저항조차 하지 못하고 너무나 가볍게 휩쓸렸다.

파군성(破軍星) 밑에서 태어났다는 현백기의 말과 파군(破君)이라는 이름의 의미를 한순간에 이해하게 만드는 광경이었다.

"관심이 돌아갔군. 이 틈에 빠져나간다."

정신이 아득해지는 광경을 뒤로하고 흑검과 외팔괴인은 땅을 박찼다.

멀어져 가는 두 마인이 흩뿌리는 마기에 파군의 시선이 향했지만 그에 맞춰 흑의인들이 움직이며 검을 찔러 넣는 것으로 관심을 다시 돌리는 데 성공했다.

다만 내공을 가득 담아 찌른 도검이 겨우 생채기를 내는 데 불과했다. 더욱이 생채기를 만들고 파군의 관심을 돌린 대가로 파군의 몸에 달라붙어 있던 흑의인 셋이 목숨을 잃었다.

죽음을 각오한 특공이었건만 이미 멀어진 두 마인은 뒤를 되돌아보는 일이 없었고, 죽어버린 흑의인들도 아무렇지도 않게 죽음을 받아들였다.

그야말로 마교의 악명에 걸맞은 광신자들의 모습이었다.

"사형, 저희도 가세하겠습니다!"

"부상자들은 방해만 된다! 그럴 바에는 차라리 연화봉으로 달려라! 이 기파를 느꼈다면 이미 움직이고 있겠지만 정확한 상황을 전하러 가라!"

끼어들려는 사형제들을 연화봉으로 보내고 청료는 홀로 파군에 맞섰다.

마치 장난감처럼 손을 휘젓는 파군의 앞발에 이리저리 휩쓸리면서도 청료는 어떻게든 버텨내고 있었다. 파군이 전력을 다하는 것이 아니라고는 해도 홀로 파군을 상대하고 있다는 것은 대단한 성과였다.

하지만 그것도 오래가지 못할 것이 보였다.

"크윽!"

찌익!

발톱에 닿은 것도 아니고 그 예기에 스친 것뿐인데도 도포가 찢어지고 선혈이 흩날렸다. 그렇게 계속해서 상처는 누적되어 갔다.

단속적인 일격을 흘려내는 것이 고작.

어울리지 않게 무당파의 검까지 흉내 내며 어떻게든 그 예기를 흘려내려 하지만 일격 일격에 살점이 깎여나가고 가죽이 도려 나갔다.

직격은 단 한 번도 허용하지 않았건만 몸은 이미 피투성이가 되어 있었다.

그래도 겉으로 보이는 것처럼 심각한 상태는 아니었다. 근육에까지 이른 상처는 없고 전부가 피륙에 불과했다. 피는 꽤나 흘려 정신이 몽롱할 지경이지만 상처에서 올라오는 고통에 정신을 잃을 수도 없었다.

후웅!

또 한 번 횡으로 가로지르는 그 거대한 앞발에 검을 들어 올리지만 검이 무거웠다.

검만이 아니라 전신에 납덩이라도 붙은 듯 무겁다. 반응도 둔하다. 칼같이 벼려졌던 신경이 흐릿했다. 강줄기처럼 도도하게 흐르던 내공은 가닥가닥 끊겨 제대로 이어지지 않았음에도 어떻게든 흑호의 일격을 받아넘겼다.

받아넘기는 것만으로도 청료의 육신은 비명을 지르고 마지막 한 줌까지 쥐어짜낸 내공에 단전이 삐걱거렸다. 이미 한계는 넘어섰다.

그저 생사의 갈림길에서 찾아온 절박함이 만들어낸 극한의 집중력이 한 단계 위의 경지로 그를 잠깐이나마 끌어올렸고, 그 덕에 아슬아슬하게나마 균형을 유지시키고 있는 것뿐이다.

'얼마나 버틴 거지?'

사제들은 도망쳤나? 장로님은?

생각 하나가 떠오르자 그 뒤를 이어 또 다른 잡념이 떠올랐다. 그 생각이 집중을 흐트러뜨렸다.

카아앙!

발톱과 부딪친 매화검이 두 조각으로 부러졌다. 미처 해소시키지 못한 충격이 내장을 뒤흔들고 입에서는 핏물이 튀어나왔다.

"쿨럭!"

다리가 풀리고 땅이 가까워졌다.

숲 속으로 사라져 간 두 마인에게서 시선을 뗀 단사천은 어깨에 올라탄 현백기의 몸이 평소 이상으로 차갑다는 것도 눈치채지 못할 정도로 긴장하고 있었다.

파군. 산 아래에서 포효를 듣고 현백기에게 설명을 들을 때부터 각오하고 있었지만 실물을 직접 대면하게 되는 것은 또 다른 차원의 문제였다.

압도적인 존재감에 발을 땅에서 떼는 것조차 힘들었다.

"왕야, 아무래도 약속을 지켜주셔야 할 것 같습니다."

파군의 주의를 끌지 않기 위해 조금씩 거리를 벌리며 작은 소리로 약속을 상기시켰다. 산에 오르기 전에 한 약속, 정말로 위험해진다면 뒤도 돌아보지 않고 도망치겠다던 바로 그 약속이다.

그나마 아직은 괜찮았다. 청료가 버티고 있고 그 주변으로 그나마 상태가 괜찮은 매화검수들, 그리고 흑의인 수십 명이 아직도 남아 있었다.

안면이 있는 사람을 방패로 두고 도망친다는 점은 조금 마음에 걸리는 일이었지만 그 양심의 가책만 무시할 수 있다면 아직 도망갈 수 있는 기회로는 충분했다. 그리고 그 정도는 단사천에게 그리 어려운 문제가 아니었다.

"끄응, 나도 그러고 싶다만⋯⋯."

현백기가 말을 꺼내기 무섭게 청료가 무너졌다. 파군은 앞발을 들어 올렸지만 내려치기도 전에 쓰러진 청료에게서 관심을 거두고는 고개를 들어 이 주변에서 가장 큰 기운을 향해 눈을 돌렸다.

"아무래도 늦은 것 같다."

파군의 시선이 그들을 향했다.

그 시선의 방향에 서 있던 흑의인들과 매화검수들은 자신도 모르게 양쪽으로 갈라지며 파군과 단사천 사이를 비웠다.

단순히 시선이 향한 것뿐인데도 전신이 짓눌리는 위압감에 버티지 못했다. 방금 전 청료와 상대할 때는 장난이었다는 듯보다 거대해진 위압감이었다.

콰직! 우드득!

내디딘 발에 짓눌린 시체가 섬뜩한 소리를 냈다.

이빨을 드러내고 다가오는 파군의 그 모습은 진정한 괴물로서의 바닥이 보이지 않는 박력을 내뿜고 있었다.

"도망은 무리다. 등을 보이면 그대로 덮칠 거다."

어깨로부터 느껴지는 떨림과 함께 현백기가 말했다. 그 정도는 단사천도 알 수 있었다.

익사할 것처럼 넘실거리는 살의가 일대를 가득 메웠다. 등을 돌리는 정도가 아니라 한 걸음 뒷걸음질 치기만 해도 달려들 기세였다.

숨을 쉬는 것도 허용하지 않을 것 같은 폭군의 기세.

그래서 무심코 손이 움직였다.

어차피 도망칠 수 없다면 선수라도 쳐서 먼저 한 방 먹이고 시작하는 편이 낫지 않나 하는 생각도 아니었다. 살의에 반응하듯 본능적인 움직임이었다.

주변 가득한 마기에 반응하는 영기에 실려 기가 흘렀다. 도도한 강물처럼 흐르던 진기는 점차 비좁아지는 혈도를 따라 흐르며 급류가 되었다.

혈도로 끊임없이 몰려드는 진기의 격류는 사람의 몸 정도는 간단히 찢을 압력이 되었고, 내쏘아지는 진기가 폭발하듯 뻗었다.

그 모든 과정을 감지할 수 있는 것은 단사천 혼자였다.

먹물 위로 먹물을 덧칠하듯 검집에서부터 터져 나오는 흑색의 선이 허공을 난폭하게 내달렸다.

퀴이이이잉!! 꽈아아앙!

허공이 크게 베이며 굉음이 울려 퍼지고 그 뒤를 폭음이 이었다. 그 폭음과 함께 파군의 안면이 날려갔다.

내보이고 있던 날카로운 송곳니가 깨져 그 파편과 피를 흩뿌리고 매화검을 간단히 튕겨내던 가죽에 결코 작지 않은 혈선이 새겨졌다.

파군의 안면과 단사천의 검을 잇는 난폭한 흑선이 방금의 일격이 현실임을 알리고 있다.

누구 하나 보지도, 느끼지도 못했지만 분명 일격이 파군의 안면을 날려 버린 것이다. 그 사실에 주변이 침묵에 휩싸이고 주위가 두려움에 떨었다.

[크허어어엉!!!!]

일대를 진동시키는 산군의 포효가 울려 퍼졌다.

주위의 두려움과 침묵의 의미를 알리는 듯 살의와 적의로 뒤범벅된 포효다.

발해진 포효는 단순히 의지를 담은 것에 그치지 않고 그 자체가 음공이나 다를 바 없었다. 포효에 밀려난 대기가 힘으로 화해 단사천의 전신을 때렸다.

단사천은 그 순간 자신이 벌인 행동을 후회했다.

가만히 있었다면 흥미를 잃고 다른 곳으로 갔을지도 모른다. 아니면 적어도 방심하다가 놓친다거나. 하지만 이미 일은 벌어졌다.

당장에라도 울고 싶고 도망치고 싶은 마음과는 무관하게 그럴 수 없는 상황이 되어버렸다.

그러니까 할 수밖에 없다.

조용하게, 평온하게, 누구보다도 행복하게 살아남는다.

"각오완료(覺悟完了)다. 살아남아 주마."

『보신제일주의』 4권에 계속…

초대형 24시 만화방

신간 100%, 샤워실, 흡연실, 수면실(침대석), 커플석, 세탁기 완비

■ 강북 노원역점 ■

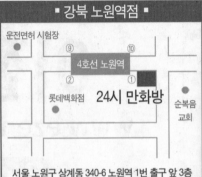

서울 노원구 상계동 340-6 노원역 1번 출구 앞 3층
02) 951-8324 (화용빌딩 3층)

■ 일산 정발산역점 ■

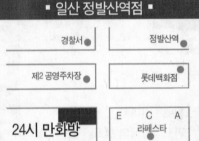

라페스타 T동 건너편 먹자골목 내 객잔건물 5층
031) 914-1957

■ 일산 화정역점 ■

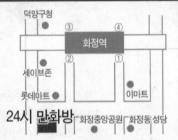

경기도 고양시 덕양구 화정동 984번지 서일빌딩 7층
031) 979-4874 (서일사우나 건물 7층)

■ 부천 역곡역점 ■

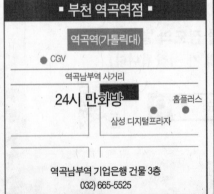

역곡남부역 기업은행 건물 3층
032) 665-5525

■ 부평역점 ■

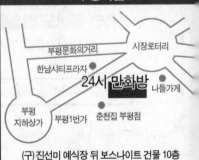

(구)진선미 예식장 뒤 보스나이트 건물 10층
032) 522-2871

FUSION FANTASTIC STORY

말리브해적 장편소설

MLB
메이저리그

유료독자 누적 1200만!

행복해지고 싶은 이들을 위한 동화 같은 소설.

『MLB-메이저리그』

100마일의 강속구를 던지는
메이저리그의 전설적인 괴짜 투수 강삼열.
그가 펼치는 뜨거운 도전과 아름다운 이야기!
승리를 위해 외치는 소리—

"파워업!"

그라운드에 파워업이 울려 퍼질 때,

전설이 시작된다!

Book Publishing CHUNGEORAM

검자 新무협 판타지 소설
FANTASTIC ORIENTAL HEROES

목탁

木經

해적으로 바다를 누비던 청년.
절해고도에 표류해… 절대고수를 만나다!

"목탁은 중생을 구제하는
좋은 이름일세."

더 이상 조무래기 해적은 없다!
거칠지만 다정하고, 가슴속 뜨거운 것을 품은

목탁의 호호탕탕 강호행에
무림이 요동친다!

Book Publishing CHUNGEORAM

유행이 아닌 자유추구 -
WWW.chungeoram.com

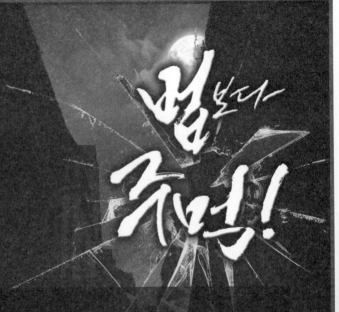

사략함대 장편소설

FUSION FANTASTIC STORY

2016년 대한민국을 뒤흔들 거대한 폭풍이 온다!

『법보다 주먹!』

깡으로, 악으로 밤의 세계를 살아가던 박동철.
그는 어느 날 싱크홀에 빠진다.

정신을 차린 박동철의 시야에 들어온 건 고등학교 교실.
그리고 그에게 걸려온 의문의 ARS는 그를 새로운 인생으로 이끄는데……

빈익빈 부익부가 팽배한 세상, 썩어버린 세상을 타파하라!

법이 안 된다면 주먹으로!
대한민국을 뒤바꿀 검사 박동철의 전설이 시작된다!

FUSION FANTASTIC STORY

고고33 장편소설

세무사 차현호

대한민국의 돈, 그 중심에 서다!

『세무사 차현호』

우연찮게 기업 비리가 담긴 USB를 얻은 현호는
자동차 폭탄 테러를 당하게 되는데……

그런 그에게 주어진 특별한 능력과 두 번째 삶.
하려면 확실하게, 후회 없이 살고 싶다!

"대한민국을 한번 흔들어보고 싶습니다."

대한민국의 돈과 권력의 정점에 선
세무사 차현호의 행보에 주목하라!

Book Publishing CHUNGEORAM

연기의 신

FUSION FANTASTIC STORY

서산화 장편소설

GOD OF ACTING

PRODUCTION

DIRECTOR

CAMERA

DATE   SCENE   TAKE

무대, 영화, 방송…
모든 '연기'의 중심에 서다!

『연기의 신』

목소리를 잃고 마임 배우로 활동하던 이도원은
계획된 살인 사건에 휘말려 비참한 죽음을 맞이한다.
그런 그에게 주어진 특별한 기회, 타임 슬립.

"저는 당신의 가면 속 심연을 끌어내는 배우입니다."

이제 그의 연기가 관객을 지배한다!
20년 전으로 되돌아가 완전한 배우로서의
삶을 꿈꾸는 이도원의 일대기!

Book Publishing CHUNGEORAM

유행이 아닌 자유추구 -
WWW.chungeoram.com